中公文庫

其の一日

増補新版

諸田玲子

中央公論新社

目次

立つ鳥　7

蛙《かわず》　59

小《しょう》の虫《むし》　115

釜《ふ》中《ちゅう》の魚《うお》　179

首《しゅ》鼠《そ》両端《りょうたん》　247

其《そ》の一《いち》日《にち》

増補新版

立つ鳥

一

暁光は白々しい。

わずかなよどみさえ、認めがたし、と言わんばかりの潔癖さである。

「くそっ、勘《か》解《げ》由《ゆ》め」

彦次郎は、障子から梳《す》きこぼれて桟にたまった光を睨《にら》みつけた。

昨夜も眠りが浅かった。ここ数ヵ月、不眠がつづいている。お陰で日中は頭が重く、体がだるい。生あくびもひっきりなしだ。

仰《ぎょう》臥《が》したまま脱力感に身をゆだねた。

できることならこのまま寝床に貼りついていたかった。が、生まれついての勤勉さが怠慢を許さなかった。

上半身を起こしたとき、隣室で人の気配がした。

宿直《とのい》の家来はとうに目覚めているはずだ。主《あるじ》から声がかかるのを待っている。主の心痛を推し量り、つかの間の安らぎを妨げぬようにと気遣っているのだろう。

わざと身じろぎをする。声はかけない。

ためらう気配があったのちに、咳払いが聞こえた。

「お目覚めにござりましょうか」

家老の稲葉市右衛門《いちえもん》である。

「おぬしか。左馬之助《さまのすけ》はいかがした」

大木左馬之助は近習《きんじゅ》の一人で、昨夜の宿直である。

「蔵におりまする」

言いながら、市右衛門はそろそろと襖《ふすま》を開けた。彦次郎より五つ六つ年長だから、もう老人といっていい歳である。忠義一途の融通のきかなさそうな顔で、市右衛門は「おはようござりまする」と律儀に挨拶をした。

「なにをしておるのだ」

「今朝方、中間者《ちゅうげんもの》が蔵へ忍び入り、金品を持ち出そうといたしました」

「盗人か」

「屁理屈をこねておりますが、ま、相違はござりませぬ」

「屁理屈？」

「暇をもらいたいと申し出たところ、給金は払わぬと言われた。それゆえ働いた分をもらってゆくのだ、と益体《やくたい》もないことを申しております」

彦次郎は渋面を作った。

行きがけの駄賃に蔵荒らしをしようという不逞《ふてい》な輩《やから》ははじめてだが、退職を願い出た者はこれが最初ではなかった。中間は渡り徒《かち》とも言い、年季奉公である。屋敷を渡り歩いているだけに世情の変化に聡《さと》い。先行き見込みなし、と思えば、いち早く見切りをつける。

去る者は追わず。平然と聞き流したいのはやまやまだが、これでまた屋敷内に動揺が広がるかと思うと、のんびり構えてもいられなかった。

「彼の者、いかがいたしましょうや」

「あとで会うてみよう」

いま蔵へ出向けば、腹立ちまぎれに斬り捨ててしまいそうである。平時ならそれもよいがこの有事、騒ぎはできるだけ小さく抑えたい。

「盗人の一件を知らせるために、おぬしは漫然と、わしが起きるのを待っておったのか」

彦次郎は家老に目を向けた。自分でも驚くほど小意地の悪い言い方である。

忠義の臣は、主の嫌味をさらりと受け流した。

「掃部頭《かもんのかみ》さまよりお目通りくださる由、ご返答がござりました。未《ひつじ》の刻（午後二時）に参られたし、とのことにござります」

「おう、そうか」

彦次郎はわずかに眉を開いた。

将軍はこのところ体調がすぐれず、引きこもりがちである。窮地に立たされている彦次郎を庇《かば》いきる力は、もはやなさそうだった。となると、あと頼りになるのは、大老として幕閣に睨みをきかせている井伊《いい》掃部頭直該《なおもり》である。

事態は切迫している。嘆願したところで、どれほどの利があるか。

掃部頭は人物だった。人物は賄賂では転ばない。頭を低くしてひたすら泣きつくより手はないが、なにが苦手といって、他人に媚びへつらうほど苦手なことはなかった。

しかしまあ……と、彦次郎はともすれば自棄《やけ》になりかける心を宥《なだ》めた。大老が直々に会おうと言ってくれたのだ。ここはひとつ、家臣郎党や家人のために為しがたきを為すしかあるまい。

「こうしてはおれぬ。伊八に湯浴《ゆあ》みの仕度をさせよ」

秋だというのに、脇の下にじとりと寝汗をかいていた。

充血した目を向ける。

市右衛門は当惑したように目を伏せた。

「伊八郎めは、昨日、使いに出たまま戻りませぬ」

「なんと？」

「あ、いや。湯浴みでしたら吉蔵《きちぞう》に申しつけまする」

「吉蔵？　老爺は腰を痛めたと聞いたが……」

「この大事に寝込んではおれぬと申して、立ち働いております」

さすがは古参の下僕である。だが、腰痛の老僕が立ち働かなければならぬほど取り込んでいるということは、屋敷中が浮き足だっていることに他ならない。

軒先に吊した瓢簞《ひょうたん》のように、焦燥と苛立《いらだ》ちが行きつ戻りつしていた。これから先はこんなものでは済むまい。いやと言うほど翻弄され、歯噛みをする思いを味わわされるはず。中間が下僕ごときに怒るのは労力の無駄遣いというものだ。

彦次郎はいらいらと首筋を掻いた。

話は済んだはずだが、市右衛門はまだその場に畏《かしこ》まっている。

「他になんぞあるのか」

「香也子さまが、殿にご挨拶をと、先ほどからお待ちにございます」

一瞬、重苦しい沈黙が流れた。

彦次郎は吐息をもらした。

「里邸《さとやしき》は目と鼻の先だ。急ぐことはあるまい。待たせておけ」

妾《めかけ》に里へ帰ってはどうかと持ちかけたのは数日前である。危急の事態が起こったとき女たちに騒がれては厄介だと判断したのだが、それにしても、こんなにもあっさりと去ってゆくとは思わなかった。昨日の幾代につづいて香也子までが……。

これまで安穏な暮らしをさせてやった。里方も引き立ててやった。

大事なればこそ、殿さまのおそばを離れとうございませぬ——。

嘘でもそのくらいのことが言えぬものか。

不穏な気配を感じ取ったのだろう。

「ただいま、朝餉《あさげ》をお持ちいたします」

主の顔をまともに見ないように、市右衛門は膝ずさりして襖を閉めた。

彦次郎は腹立ちまぎれに衾《ふすま》を払いのける。

光があふれ、敷居際までこぼれていた。畳の縁をかがった金糸・銀糸が、悪貨のきらめきのように空々しい輝きを放っている。

苦いものがこみ上げ、彦次郎はひくりと喉仏を上下させた。

二

朝餉を済ませ、湯浴みをして身支度をととのえたのちに、彦次郎は妾の待つ奥御殿へ出向いた。

三千七百石の旗本屋敷は表と奥の区別がある。台所や湯屋も別《べつ》誂《あつら》えだが、といって堅苦しい決まりはなかった。行き来は自由である。

客間として使用している取っつきの小部屋へ入ってゆくと、香也子は郎党の一人と熱心に話し込んでいた。

日頃とりすました女の顔が、今日にかぎってほんのり上気している。彦次郎は眉をひそめた。郎党の名は安田新兵衛。若く、男ぶりもいい。

もしや、女を里へ送り届け、そのまま戻らぬつもりではあるまいか。

突拍子のない妄想がわくのも、心身が消耗しているせいかもしれない。

彦次郎を見ると、二人は驚いて話をやめた。前触れもなし、伴も連れずに主があらわれるとは思いもしなかったのだろう。神妙な顔で畳に両手をつく。

「里へ帰るそうな」

彦次郎は内なる苛立ちを押し隠して、穏やかに切り出した。

「体をいとえ。秀子も嘉子も息災にの」

香也子の背後で、乳母が乳飲み子の嘉子を抱いている。五つになる姉娘の秀子は行儀よく膝をそろえ、頑是《がんぜ》ないまなざしで父を見上げていた。

ふと手招きをしてみようかと思った。膝にのせ、頭を撫でてやりたい気もしたが、幼い顔に怯《おび》えの色をみとめて断念した。

秀子が生まれた頃、彦次郎は多忙で、連日のように城へ詰めていた。そのあと前将軍の死去があり、新将軍の就任があり、日々追いまくられた。娘が父親になつかないのも無理はなかった。

それ以上、主が声をかけようとしないので、香也子は娘に合図をした。

「父さまにご挨拶をなされませ」

「父さま。ごきげんよう」

教え込まれてきたのだろう。秀子はたどたどしく別れの挨拶を述べた。

「ようできた。それでこそわしの娘じゃ」

褒《ほ》めてやりながら、彦次郎の胸は寒々としている。

もしこのまま二度と会えぬようなことになれば、この娘は、父の思い出など跡形もなく消し去ってしまうに違いない。

視線を戻した。香也子がこれも淡々としたまなざしで主を見つめている。

「よいの、こたびのことはそなたの父母を見舞うための里帰りだ。余計なことは申すな。下手な詮索はされとうない」

「承知いたしております」

「一段落したら迎えをやる」

「お待ち申し上げております」

香也子の口調はそっけなく、迎えを期待しているようには聞こえなかった。

自業自得だと、彦次郎は苦笑した。

妾を持ったのは勘定奉行に昇進したあとだから、十二、三年前になる。側室を屋敷へ置くようになったのは、千坪余りもある役宅を拝領したのち、そう、七、八年前か。当時は得意の絶頂だった。将軍家の覚えめでたく、献策は次々に実施され、断る暇もないほど各所から金品が届けられた。香也子も、昨日去って行った幾代も、贅沢だけはし放題だったのである。

だが、二人の妾に、彦次郎はさほどの関心を払わなかった。酒席にはべらせ、あわただしく肌を合わせる以外に、心うちとけて語り合ったことなど一度としてなかった。

「行け。親御によろしゅう伝えよ」

話はもうなかった。

追い立てるように言うと、香也子もほっとした顔で両手をついた。

「お体、くれぐれもお大切に」

幼い娘たち、乳母、侍女、郎党を従え、退出する。

香也子は最後に彦次郎の目を見ることさえしなかった。それは、女に金品以外のものを与えようとしなかった男への、恨みであるようにも思えた。

陽射しは少しずつ色を加えている。

すぐに腰を上げる気になれず、彦次郎はひとり、秋の陽を眺めた。

三

大木左馬之助は蔵にいた。

地べたに尻を落として、鬱然とうなだれている。大柄で筋骨隆々としているくせに、脇の柱に繋がれている痩《や》せ鼬《いたち》のような盗人より、よほど貧弱に見えた。

そうか、こいつは心底、主家の災禍を憂えておるのか。

左馬之助は二十をひとつふたつ出た若者だが、気骨がある。忠義も篤《あつ》い。それを見込んで近習に取り立てた。世人は自分を金しか頭にない男だと誤解しているようだが、人を見る目もなくはないのだ。

人は城、人は石垣、人は堀。

彦次郎の曽祖父は武田の遺臣だった。信玄の格言は子供の頃から叩き込まれている。

「盗人とはこやつか」

声をかけると、左馬之助ははっと顔を上げ、あわてて平伏した。

「恩を仇で返さんとする不埒《ふらち》な奴にござります」

痩せ鼬は鼻を鳴らした。左右いびつな目で彦次郎を見上げる。

「へ、恩とは聞いてあきれらあ。払うもんも払わず、厄介払いしようってんだ。となりゃあ、給金分くらい、いただいてゆくしかなかろうが」

「殿に向かってなんという口の……」

「まあ、待て」

逆上する左馬之助を、彦次郎は宥めた。不思議なことに腹は立たない。

ここ数ヵ月、屋敷内でも城内でも、嫌疑のまなざしと陰口、冷笑にさらされてきた。勘解由が勝つか、彦次郎が逃げ切るか、だれもが固唾《かたず》を呑《の》んで見守っている。それでいて、面と向かってなじる者はいない。

石を投げつけられたほうがどれだけましか。

盗人には、少なくとも居直るだけの覇気があった。

「賄《まかな》い頭に、給金を払わぬと言われたか」

中間者は押し黙っている。

「しかしおぬしにも非はある。雇い入れる際、いついつまでと約定を交わしたはずじゃ。突然、辞めると言われたゆえ、賄い頭も腹を立てたのではないか」

主の言葉を聞くと、中間者は居住まいを正した。

「あっしだって、なにも急に辞めたかあないんだ」

半ば挑むような、半ば探るような、鋭い視線を向けてくる。

「けどしかたがねえ。はばかりながら言わせてもらうが、この家はもう終《しま》いだ、今日明日にも明け渡しになる、罪人の屋敷に雇われてたってのも人聞きが悪い。早いとこ辞めちまえと勧める奴がいるんだ」

絶句している主に代わって、左馬之助は肩を怒らせた。

「どこから聞いたか知らぬが、でたらめだ」

「世間じゃあ言ってるぜ。お奉行さまは粗悪な金銀作って私腹を肥やした。とんだ大悪党だ。このままで済むはずがねえと」

「うぬ。言わせておけばこやつ」

左馬之助は刀の柄《つか》に手をかけた。

「やめよ」

彦次郎は左馬之助を制した。腸《はらわた》は煮えくり返っていたが、それは、目の前にいる盗人への怒りではなかった。このときとばかり足を引っぱろうとする勘解由への、都合のよいときだけ持ち上げ、己の利に適《かな》わぬとなれば容赦なくこきおろそうとする世間への、いや、もっと言うなら、まんまと乗せられ、驕《おご》り高ぶっていた自分自身への怒りである。

「解いてやれ」

「こやつを、でござりまするか」

「賄い頭のもとへ連れて行き、給金を渡して叩き出すのだ」

「しかし、こやつは……」

「言うな。行け」

左馬之助も中間者も唖然《あぜん》としたようだった。左馬之助は縄を解き、中間者を追い立てて去ってゆく。

彦次郎は出てゆく二人を見送ろうとはしなかった。薄暗い蔵の内部に足を踏み入れ、目を凝らしてあたりを見渡す。

明かり取りの窓から薄陽が差し込んでいた。あえかな光である。

長年、心血を注いできた成果が、この蔵の中には集積していた。将軍家や柳沢家から拝領した品々。金座役人や勘定頭《かんじょうがしら》、その他の諸役人が挨拶代わりに届けてきた金品。紀伊国屋や奈良屋、越後屋といった豪商が勝手に積み上げていった貢ぎ物の数々。

だが今、ここに手燭があったとしても、探そうとしているものは見つかりそうになかった。この中のすべてを積み上げても、苛立ちひとつ鎮めることは出来ないのだ。

彦次郎は勘定所下役の次男である。貧しい暮らしの中で勉学に励んだ。励んだところで部屋住の身、出世はおぼつかない。何度もくじけそうになったが、そのたびに己を叱咤《しった》した。万にひとつの運に賭けるのだ、と。努力の甲斐があって、十七のとき勘定所下役に登用された。あのときの誇らしさは今も忘れられない。

さらに九年余りの下積みを経て、勘定組頭に昇進した。貞享四年（一六八七）幸運な事件が起こった。勘定頭三人が罷免され、代わって彦次郎は勘定頭差添役《さしぞえやく》に抜擢された。

そこからはとんとん拍子だった。

折りしも、金銀の採掘量が減少し、幕府の財源は逼迫《ひっぱく》していた。

金がないなら、新たな貨幣を作ればよい——。

財政難を打開するために提言した案は将軍の賛意を得た。彦次郎は時の権力者である側《そば》用人《ようにん》・柳沢保明《やなぎさわやすあきら》や金座銀座の御用商人と手を結び、貨幣改鋳に乗り出した。その成果は、勘定奉行という地位と、千坪以上ある役屋敷と、家臣郎党と、妾と、そして分け前に与《あず》かろうとしてすり寄って来た人々がもたらした富――この蔵に満載された金品である。

だれがなんと言おうと、人の二倍も三倍も努力をしたのだ。

己のためだけではない。幕府のため世人のためにもよかれと思った。だからこそ、努力をした。それがなぜ、今になって、白い目で見られなければならぬのか。

「勘解由め……」

欲は人にある。というより、人は欲である。無欲な顔をして聖人ぶった言を吐くやつほど、腹の中は権勢欲に凝り固まっているものだ。

勘解由こと将軍家侍講・新井君美《あらいきんみ》（のちの白石《はくせき》）の青白い顔を思い浮かべて、拳を握りしめたときである。

薄闇に蛍が飛んだ。驚いて振り向くと、同時に「あっ」と女の声がした。

「ご無礼をいたしました」

十四、五の娘だ。こんなところで主に出会うとは夢にも思わなかったのだろう、手燭を握りしめ、身をすくませている。

「おぬしは？」

「幸《こう》と申します。奥方さまにお仕えしております」

答えたときはもう、怯えの色は消えていた。見かけによらず肚《はら》の据《す》わった娘らしい。

そういえば、一年ほど前に妻が新しい侍女を雇ったと聞いたことがあった。

一年前といえば、勘解由と彦次郎の戦いが本格化してきた頃だ。

「登勢《とせ》に頼まれたのか。なにを取りに参ったのだ？」

登勢とは正妻の名である。

ふと好奇心を覚えて訊《たず》ねた。

「燭台《しょくだい》にございます。唐渡りの黄金の燭台がありますそうで、それを……」

彦次郎は眉をつり上げた。

黄金の燭台は、京の近衛《このえ》家から拝領したものだ。この蔵の中でも五指に入る高価な品である。

「よいところに目をつけた」

唇をゆがめたのは、薄情な妾や中間の顔が胸に残っていたためだ。

幸は首をかしげた。

「わしを見限って里へ帰るなら、蔵ごと持ってゆけと伝えよ」

言い捨てて踵《きびす》を返そうとすると、幸が血相を変え、行く手に立ちふさがった。

「お待ちください」

幸は真っ直ぐに主の顔を見返してきた。手燭の灯が双眸《そうぼう》を燃え立たせている。凛《りん》としたまなざしだった。

「奥方さまは、殿さまの御身を案じられて、それで……それで燭台に火を灯して、ご祈願をなさりたいと仰せなのでございます」

彦次郎は呆然と娘の顔を見返した。

あれはいつだったか。こんなふうに必死の形相で、自分に意見した女がいた。あなたさまは出世しか眼中にございませぬのかと、あの女は詰め寄ったのである。

薄明かりの中なので、彦次郎の顔をよぎった苦渋の色に、幸は気づかなかった。

「奥方さまは殿さまの御身を案じておられるのでございます」

幸の目からほろほろと涙がこぼれた。

「もうよい」

涙をぬぐうかわりに、幸は手燭を背後に隠した。泣き顔が薄闇に沈んだ。

彦次郎は顔を背け、歩き出した。

歩きながら考える。

――このよりどころのなさはなんだろう？　歩いているのに、地面を踏んですらいないような気がするのは……。

「お探しいたしましたぞ。そろそろお仕度をなさらねば。掃部頭さまをお待たせするわけには参りませぬ」

主の姿を見つけて、市右衛門が飛んで来た。手土産はいかほどがよいか、装束は、伴の者は、と矢継ぎ早に訊ねる。

「金品は受け取るまい」

言ったところで思いついた。

「念のため、ひと包み、吉蔵に持たせよ」

ひと包み、というのは百両だ。余人にわからぬように、菓子折や野菜籠の底に忍ばせるのが、こんな場合の常套手段である。

「吉蔵を、お連れになられるのでございますか」

市右衛門は手土産ではなく、伴の名に目をみはった。

吉蔵は老僕である。昔はいざ知らず、ここ何年も伴を仰せつかったことはない。

「さよう。吉蔵だ。それから左馬之助。他はよい」

市右衛門はあからさまに驚愕の色を浮かべた。

「めっそうもございませぬ。奉行が大老に挨拶に出向くのですぞ。さような伴揃えでは、ご不興を買いましょう。道中も案じられます。せめてご登城の際の人数をお連れ下さりませ」

荻原《おぎわら》家は三千七百石の旗本だから、登城の伴侍は六、七人と定められている。それに槍《やり》持《もち》や草履《ぞうり》取《とり》、挟箱持《はさみばこもち》などの中間が加わって総勢二十名余り。私的な外出であっても、奉行という立場上、一人二人の伴では格好がつかない。

「内々に頼み事をするのだ。仰々しい伴揃えはかえってまずかろう」

「さようにはござりますが、といって一人二人というのは……」

「考えがある。言う通りにいたせ」

彦次郎は押し切った。紋付き小袖《こそで》に小袴という目立たぬ上下を用意させる。肩衣《かたぎぬ》をつければ略式の礼装となるが、これは先方に着いてからでも間に合う。左馬之助に持参させることにした。

「気ままな散策じゃ。よいな。だれぞに訊《き》かれたらさように言うておけ」

隠密行だと釘を刺されれば、市右衛門も否は言えない。

あわただしく用意させた松茸入りの籠を吉蔵に、肩衣の入った風呂敷包みを左馬之助に持たせ、彦次郎を乗せた駕籠《かご》は午《うま》の刻（正午）、裏門より密かに出立した。行き先は紀尾《きお》井坂《いざか》の手前にある掃部頭の屋敷である。

四

「左馬之助。おぬしに申しつけることがある」

紀伊宰相の広壮な屋敷に差しかかったところで、彦次郎は輿《こし》を止めさせた。

延々とつづく海鼠壁《なまこかべ》をたどり、とぎれたところを左折すれば、西隣は、これも負けず劣らず豪壮な井伊掃部頭の屋敷である。

「何事にござりましょうや」

左馬之助は輿の前に膝をついた。

「まずは手を貸せ」

六尺に合図をして輿を下ろさせると、彦次郎は路上へ降り立った。

「掃部頭さまの屋敷へゆき、今からわしが申す通り口上を述べよ」

「はあ」

「よいか。心して聞け。主はこちらへ伺う途上、急な差し込みにて動くことままならず、輿にて引き返し申した。当方より申し入れた面談でありながら、果たせぬご無礼は重々承知なれど、これもひとえにこのところの心痛が因《もと》なり。なにとぞご甘受願いたく……」

左馬之助は仰天した。

「お待ちくだされ。さすれば殿は、井伊家には行かぬおつもりにござりますか」

「いかにも」

「さすれば、掃部頭さまとの約束を反故《ほご》になさるのでござりますか」

「さようじゃ」

「とんでもござりませぬ。ご家老さまも、これが最後の頼みの綱だと」

左馬之助はいかつい顔をゆがめた。

「わしの命に逆ろうてはならぬ。主の言うた通り、掃部頭さまに頭を下げて参れ」

彦次郎は寵臣の眸《ひとみ》をじっと見つめた。

「して殿は……このままお戻りになられるのでござりますか」

「いや。用事を思い出した。輿はこの場に置き捨てる」

「まさか、さような」

従者が主人を置き去りにして帰るなどもってのほかである。左馬之助は今しも泣き出さんばかりだ。無骨な若者は、心底、主の身を案じているのだった。

まこと、実のある男よ。

左馬之助の目を見ながら、彦次郎は思った。

若い頃の自分はどうだったか。自分の目は、この若者のように澄んでいたか。上役が次々に罷免され、勘定頭のお鉢がまわってきたとき、小躍りして喜んだ。人を蹴落としこそしなかったが、溺れる者に手をさしのべたことはない。野心にとりつかれ、さぞや、物欲しげに見えたのではなかろうか。

「今一度言う。左馬之助。おぬしを見込んで、伴に連れて参ったのだ」

そのひと言を聞くや、左馬之助は背筋を伸ばした。分厚い唇を引きしめ、了解のしるしに顎を引いて見せる。

左馬之助は吉蔵に目を向けた。

「殿はおまえに預ける。命がけでお守りいたせ」

これまで主従のやりとりを黙って見守っていた吉蔵は、「へい」と腰をかがめた。

「爺めがついております。ご安心を」

勇ましく言いつつ顔をしかめたのは、腰に痛みが走ったからか。

左馬之助は主に命じられるままに肩衣の包みを吉蔵に手渡し、輿を残して、掃部頭の屋敷へつづく道を遠ざかって行った。

「さて、参ろうか」

彦次郎は老僕を見下ろした。

「へい。参りましょう」

どこへ行くのか、とは訊かない。松茸の籠と肩衣の包みを恭《うやうや》しく捧げ持って、主が一歩踏み出すのを待っている。

彦次郎は麹町《こうじまち》の大通りに向かって、道なりに歩きはじめた。


秋晴れである。

輿を捨てて己の足で歩いていると、体の隅々にたまった澱《おり》がはがれ落ちてゆくようだった。彦次郎はつかの間、陥《お》ち込んだ災禍を忘れている。

主従は大通りを左折して西方へ歩を進めた。

そのまま行けば四谷御門《よつやごもん》に出る。御門の手前、堀割に隣接した一郭に、下級役人の組屋敷があった。

「おう、これは……なつかしゅうございます」

吉蔵は目を瞬いた。

かつて勘定所下役であった頃の荻原家は、この大縄地《おおなわち》に家を拝領していた。似たような家々が建ち並ぶ路地を駆けまわったり、堀端《ほりばた》の草原で近隣の子らと取っ組み合いの喧嘩をしたり……。腕力がないくせに負けず嫌いの彦次郎は、しょっちゅう強者に喧嘩を挑んでは泣かされたものである。

「こうして見ると狭いものだ」

組屋敷のはずれに立って、あたりを見まわした。

大身の旗本に出世し、千坪余の屋敷に住む身となった今、かつての住まいは厩《うまや》さながらに見えた。この手狭な住まいに、両親や兄、弟、妹、下僕の吉蔵夫婦まで同居していたとは信じられない。

「迷子になったことがあった。覚えておるか」

「へい。あのときは大騒ぎをいたしました」

「おぬしが見つけてくれた。おぶってもろうて帰ったの」

「さようでした。ちょうどこのへんまで帰って来たところで、殿は突然お泣きになられました。爺は往生いたしましたよ。まだほんの五つ、六つの頃にございました」

「泣いたのはあれが最後だが、わしは臆病者よ。本性は今も変わらぬ」

吉蔵をうながして、路地へ足を踏み入れる。

はじめからここへ来ようと決めていたわけではなかった。

出立間際になって、ふと気が変わった。どこでもいい、だれにもわずらわされずに一人きりで歩いてみたいと思ったのである。

この期《ご》に及んで、あくせくしたところでどうにもなるまい。

輿にゆられていたときだ。幸の眸を思い出した。

一途なまなざしには、まだ世間にも人にも裏切られたことがない者だけが持っている真《しん》摯《し》な光があった。そうだ。あのとき、あの眸を、どこかで見たと思った……。

はるか昔、棄《す》てた女の顔が浮かんだ。

三十余年も昔の出来事である。むろん別れた当初はあれこれ思い悩みもしたし、しばらくは折りにふれ胸を痛めもしたが、いつしか名前を思い出すことさえなくなった。それがなぜだろう。明日にも罷免され、詮議を受ける身となった今、無性に逢いたくなったのである。

「山崎の娘を覚えておるか」

「へい。色白の、目元がこう、きりっとした……」

「志津江だ」

「そうそう、志津江さまにございます」

覚えているはずである。吉蔵は何度も文の使いをさせられた。当時、彦次郎と志津江は組屋敷のだれからも夫婦になると思われていたのだ。

「消息を訊ねてくれぬか」

よほどのことがない限り、組屋敷の娘は同じ組屋敷内の家へ嫁《とつ》ぐ。身分の釣り合いは何にも増して優先される。

吉蔵は余計な詮索をしなかった。「へい」とうなずいて、山崎家の門をくぐった。

「このすぐ先の、柴家の庄左衛門《しょうざえもん》さまと申されるお方の奥さまにおなりだそうで、お子は二男三女とやら。柴家はご嫡男《ちゃくなん》の庄太郎さまが家督を継ぎ、勘定所下役を務めておるそうにございます」

ほどなく戻って来るや、吉蔵は報告した。

「柴……聞かぬのう」

勘定奉行が勘定所下役の名を知らなくても不思議はないが、過去の記憶をたどってみても、柴庄左衛門という名は思い出せない。

「荻原家が組屋敷を出られたあとに、越して参られたのでございましょう」

おそらく吉蔵の言う通りだろう。

志津江と夫婦約束を交わしながら、彦次郎は勘定吟味役の娘を妻に迎えた。勘定組頭への昇進が鼻先にぶら下がっていたからである。そんなことがあってすぐ、傷心の志津江が事情を知っている組屋敷の男のもとへ嫁いだとは思えない。月日が流れ、何度か人の入れ代わりもあって、新たに組屋敷へ越してきた男と結ばれた、と考えるほうが自然である。

「家の前まで行ってみるか」

彦次郎は他人事《ひとごと》のように言って歩き出した。

吉蔵はなにも言わずについて来る。

路地の両側には、板塀に木戸門、板葺《いたぶき》屋根の簡素な造りの家々が並んでいた。古ぼけたたたずまいを見ていると、時の流れが一瞬にして止まってしまったかのように思えた。自分が渾身の力を振りしぼって上へ上へと這い上がり、財政の立て直しだ、貨幣改鋳だと飛びまわっていた同じときに、ここではこうして昔と変わらぬ暮らしがつづいていたのだ。その事実は彦次郎の胸に柄にもない感傷を呼び起こした。

似たような家の中から、吉蔵はわけもなく柴家を探し当てた。赤子の声がもれている。庄太郎とやらいう嫡男の子か。だとしたら、志津江の孫になるわけである。

志津江に孫とはのう。

三十余年の歳月がすっぽりぬけ落ちているだけに、とまどいも大きかった。

もっとも、それを言うなら、彦次郎ももはや賢《さか》しげな目をした若者ではない。頬がこけ、目が落ちくぼんでいる。裸になれば胴回りに歳月の経過を示すたるみがついているし、手足や胸にはいたるところにしみが浮いている。鬢《びん》には白髪もあった。

やはり、逢わぬほうがよいか。

彦次郎は眉間にしわを寄せた。

志津江が達者でいること、夫を持ち、子を生《な》し、孫にも恵まれているとわかれば、ひとつ心の重荷が下りたわけで、それ以上の用はなかった。

「戻るぞ」

引き返そうとしたとき、拍子木を打ち鳴らすような音がした。門番を雇う余裕がないので、下級武士の家では門の内側に板や瓶を吊し、扉が開くたびに音がするよう工夫を凝らしている。

門が開き、侍が出て来た。赤子を抱いた女があとにつづく。

志津江！

足を踏み出しそうになって、彦次郎は苦笑した。

女はまだ二十歳そこそこの若さである。若い頃の志津江にどことなく似ているが、むろん志津江ではなかった。

二人はふた言み言、立ち話をした。それから男は彦次郎のいる方とは反対の方角へ歩きはじめた。女は辞儀をする。男の後ろ姿を見送ろうとして体の向きを変えるとき、まばゆいばかりの笑顔が見えた。

笑うとえくぼができる。えくぼをきざんだ顔は、志津江にそっくりだった。柴家の娘だ。子を産み、里帰りしている妻のもとへ夫が逢いに来た——おそらくそんなところだろう。

女は再び拍子木のような音をたてて門の中へ消えた。

彦次郎はしばらくその場に立ちすくんでいた。

昔、恋仲だった頃、この先にある稲荷神社の境内や堀端の草原で逢引きをした。たいがい志津江のほうが先に来て待っていたものだ。彦次郎を見ると駆け寄り、えくぼを浮かべた。

あの門の前で、自分と赤子を抱いた志津江が笑みを交わし合っている——。

そういう選択も出来たのだ。

彦次郎は松茸の籠を見た。志津江に百両を渡そうかとも考えた。そう思ったことで、たちどころに自己嫌悪に陥る。

「籠をよこせ」

「へい」

「籠だけでよい。その包みを今の女に渡して来い」

吉蔵は首をかしげた。

「肩衣をおあげになるのでございますか」

「いや……やめておこう」

おれは何を考えていたのか。金子《きんす》も肩衣も権勢をひけらかすことに変わりはない。しかもその権勢は、今や手指の間からこぼれ落ちようとしているというのに。

嘆息したとき、ふいに妻の顔が浮かび上がった。

「行くぞ」

「へい」

主従は角を曲がり、路地をぬけて、麴町の大通りへ戻った。

大通りを東へ行けば帰路である。

彦次郎は西へ向かった。

吉蔵も相変わらず、どこへゆくのか訊ねなかった。

二人は黙々と歩く。四谷御門の大番所の手前を右手に折れ、堀端の草原を突き進み、閑散とした一画で足を止めた。

夏草は枯れ、代わりに薄《すすき》が群れている。藤袴や女郎花《おみなえし》の花が、草陰にひっそりと咲いていた。かなたから流れてくるのは、草を摘む子供の声か。それとも蜻蛉《とんぼ》でも追いかけているのか。

彦次郎は露にぬれるのを承知で、草の上にあぐらをかいた。

「おぬしも座れ」

吉蔵に目を向ける。

吉蔵はひょこりと頭を下げて、少し離れた場所に膝をついた。

薄の合間に堀割の水面が見える。その向こうには瓦や板葺きの屋根が連なり、上方に蒼々とした空が広がっている。先刻は見えなかったが、今は西方に鰯雲《いわしぐも》があった。

微風に吹かれながら、主従はしばらくじっと座っていた。

やがて、彦次郎は目を動かした。

「正直に答えよ。わしは悪人か善人か」

吉蔵を見たのではない。目の前をよぎった蜻蛉の軌跡を追いかけ、堀割の水面に視線を戻す。

ややあって、

「悪人にござりましょう」

と、吉蔵は答えた。

「ほう、悪人か」

「志津江さまをお棄てになられました。お上《かみ》に取り入り、強引に売り込んで、お奉行さまになられました。粗悪な貨幣を作って世人を困らせ、私腹を肥やして贅沢三昧をなさいました。もし、それを悪人と申すのであれば……」

彦次郎は唇の片端をゆがめた。吉蔵は淡々とつづける。

「ですが、いつぞや、ご家老さまが言うておられました。殿さまほどの善人はおらぬと」

「ふむ。今度は善人か」

「米が足らぬなら、麦を混ぜて炊くよりいたしかたございません。さもなくば飢えてしまいます。殿さまは万人が飢えぬように麦飯を誂えておあげになられたのだと」

意味がわかるかと訊ねると、ようはわかりませんが、と吉蔵は照れ笑いを浮かべた。

「悪人でも善人でもよろしゅうございます。爺は殿さまが好きにございますよ」

それ以上、話すことはなかった。

二人は移ろいゆく空を眺める。

四半刻（三十分）ほどそうしていた。

「寒うなってきた。帰るか」

腰を上げたとき、松茸の籠に隠した百両を思い出した。楼へ上がり、憂さ晴らしに散財することもできる。が、哀しいかな、小役人あがりの彦次郎には、いまだ遊ぶ金を惜しむ心があった。

　裾を払いながら思案する。

「おぬしに頼みがある」

「へい」

「明日、登城する。帰れぬと、覚悟したほうがよい」

「殿さま……」

　吉蔵は絶句した。

「わしは大悪人だったやもしれぬ。我欲に溺れておったやもしれぬ。だが有能な幕吏、忠実な臣であったのも事実だ。将軍家のために働いた。最後まで働くつもりだ。お上が死ねと言うなら死ぬことも忠義に違いあるまい」

　彦次郎は金子の包みの入った籠を老僕に手渡そうとした。

　吉蔵は飛びずさった。

「主命じゃ」

　彦次郎は吉蔵に無理やり籠を押しつけた。

「よいか。よう聞け。役人が屋敷へ乗り込めば、もはや金品は持ち出せぬ。この金は、おぬしの老後と、幸に新たな奉公先を見つけてやるための資金だ。さらに、もうひとつ、頼みが出来た」

彦次郎は薄の穂先に止まった蜻蛉を見た。二匹が顔を寄せ合い、羽をふるわせている。

「この金で、登勢と源八郎を佐渡へ送り届けてもらいたい」

「奥方さまと若殿さまを佐渡へ？」

「おぬしも存じておろう。佐渡には山田吉右衛門《きちえもん》がおる。吉右衛門にはそれ相応のものを預けてあるゆえ、不自由ない暮らしが出来るはずだ」

山田吉右衛門は佐渡屈指の豪商である。彦次郎はかつて佐渡支配を兼任していたことがある。公私ともに懇意にしていた。

「金のことは登勢にも言うておくゆえ、あらぬ疑いがかかる心配はない。が、余人にはさとられるな。よけいな差出口をする奴がおるやもしれぬ」

万が一、荻原家が改易《かいえき》の憂き目にあうような事態になれば、一両二両の金でも役に立つ。

彦次郎は帰路についた。

少し遅れて、金子を懐へ隠した吉蔵がつき従う。

雲が出たせいか陽光は褪《あ》せつつあったが、今はもう、ふれたら指が切れそうに澄明な光ではなく、良くも悪くも妙味のある温かな色に変わっていた。

憑《つ》き物が落ちたような……。

ここ数ヵ月ではじめて、彦次郎は張りつめた糸がゆるむのを感じていた。

五

「六義園《りくぎえん》のご隠居さまよりご書状をいただいております」

屋敷へ戻るや、家老の市右衛門が待ちかねたように飛んで来た。

かつての側用人からの急使とあって、顔色が蒼い。

六義園のご隠居さまとは、前将軍の側用人を務め、甲府宰相にまで出世した柳沢保明のことである。柳沢は前将軍が死去するや幕閣を退き、小石川に建てた隠居所へ引きこもってしまった。隠居所は豪壮な庭が自慢で、六義園と呼ばれている。

「今頃、何用じゃ」

彦次郎はけげんな顔をした。

彦次郎が陣頭指揮を取って行った貨幣改鋳は、柳沢の後押しによるものだ。

幕府は財政難に苦しんでいた。放漫財政のつけもあったが、江戸の発展に伴って物流が盛んになり、貨幣そのものが足りなくなったせいもある。貨幣を増やそうにも、金山銀山の産出量は頭打ちになっている。

さすれば、貨幣の質を落としてはいかがか。

ここに十人が腹を空かせているとしよう。米は五人分しかない。餓死者を出さぬためには、麦や雑穀を混ぜ、とにもかくにも腹を満たしてやることだ。

彦次郎の献策は、幕閣に拍手をもって迎えられた。

元禄金銀につづいて宝永二ッ宝丁銀、宝永永字丁銀、乾字金、宝永四ッ宝丁銀と、金銀の含有量を減らした新貨幣を発行。大量の貨幣が出まわって物価は高騰したものの、財政難は緩和され、物資が滞ることもなくなって市場は活気づいた。新貨幣の評判はすこぶる悪い。が、弊害だけでなく、効用も確実にあったのである。

なにもかもうまくなどゆくものか。悪あってこその善ではないか。

ところがそこへ勘解由があらわれた。儒教に凝り固まった聖人の目には、わずかな汚点が巨大なしみに見えるらしい。正論で押しまくられれば、凡人には太刀打ちが出来ない。

気配を察知して、いち早く退散した柳沢は利口だった。

「またどうせ、勘解由とは争うな、と言うてきたのだろう」

つぶやきながら書状を開く。

「これは……」

彦次郎は息を呑み、二度三度読み返した。

勘解由はこれまでにも二度、彦次郎を糾弾している。昨日、三度目の直訴を断行し、ようやく将軍家の同意を得たと、書状は知らせていた。明日にも彦次郎の罷免が申し渡されるはずである。もはや事態は避けられないが、事を穏便に済ませるために井伊掃部頭さまに取りなしを頼んだ。この書状に目を通したら、ただちに掃部頭さまの屋敷へ出向けと書かれている。

「いかがいたしましょうや」

市右衛門は額に冷や汗を浮かべて訊ねた。

「いかが、とは」

「左馬之助の報告によりますると、殿は掃部頭さまとのお約束を反故になされましたそうで」

「いかにも」

「ここは恥を忍んで、病が治りましたゆえ改めてご挨拶にうかがいたいと、使いをやってはいかがにござりましょうか」

「仮病はやめた、これから行くぞ、と申すのか」

言ったとたん、笑いがこみ上げた。

そうやってあれこれ策を弄《ろう》すること、それがおかしい。事あるたびに権勢者に泣きついて保身を計る、幕吏という存在そのものがおかしい。これまでそのことに何の疑問も感じなかったばかりか、どっぷり浸かっていた自分がおかしい。

金品の授受があろうとなかろうと、政《まつりごと》の世界というものは、恩義を売り買いするもの、媚びへつらいを当たり前の顔でやりとりするものなのだ。

なんと馬鹿げた……。

主の哄笑《こうしょう》を、市右衛門はあっけにとられて眺めている。

「許せ。市右衛門」

彦次郎は笑いをおさめた。

「不甲斐ない主のために、おぬしらまで災禍に巻き込んでしもうた。家臣郎党の行く先を思うと、なんと言うて詫びればよいか。が、掃部頭さまの屋敷へはゆかぬ。だれになじられようが、いかなる処分を受けようが、良かれと思うてやったことだ。今後一切、弁明も嘆願もすまい」

「殿……」

「これでよいのだ、市右衛門。逐電《ちくでん》したい者にはさせよ。心づけをくれてやれ」

市右衛門は顔色を失っている。

だが、彦次郎は晴れやかな気分だった。予期していたことが現実になっただけだ。とうに覚悟は出来ていた。

「そうじゃ。手分けをして、庭木、庭石の数を書き出しておけ」

罪人となれば屋敷は取り上げられる。その際は建具の数から庭石の数まで改められる。ここにあるものは何から何まで将軍家のものなのである。

家老がよろめくように退出してしまうと、夕闇が一段と濃くなった。障子の桟がわずかに赤味を帯びているのは、暗がりの向こうに夕陽があるからか。

夕陽はやがて沈む。が、自分はもう、なにものにも動じることはないだろう。

彦次郎は腰を上げた。

奥御殿はひっそりと静まり返っていた。

表の騒ぎを察知して、女たちが一人残らず逐電してしまったのではないかと疑いたくなるような静けさである。

伴も連れず、取り次ぎの者に声をかける手間も省いて、奥の間へ向かう。

途中、人けのない部屋の前を通り過ぎた。香也子と幾代のいた部屋だ。

苛立ちは消えていた。

――あの者たちの心を、一度でも思いやったことがあったか。

香也子も幾代も自分のもとから去って行ったのではなく、はじめから自分のそばにいなかったのである。そばに来ることを拒んだのは、この自分だ。

登勢の部屋は一番奥まった場所にあった。ここだけ明かりがもれている。

彦次郎は足を止めた。

妻とは、十年以上も同衾《どうきん》していない。折々の節目や来客の際、表座敷や奥御殿の広間で膳をともにする機会はあったし、登城の日の見送り出迎えは妻の役目だからその都度顔を合わせてもいたが、こうして居室を訪れるのは、数年前に重い病に罹《かか》った妻を見舞って以来だった。

そもそもが野心を満たすために迎えた妻である。そんな妻に、彦次郎は通り一遍の愛情しか注いだことがなかった。むしろ新婚当初は、志津江を棄てる因となった責任を妻に転嫁し、胸のうちで暴言を吐くことで、罪悪感から逃れようとしていたところがある。

卑怯な男だ。己の卑劣さを忘れようとお役に没頭し、贅沢な暮らしをさせてさえおけばそれでよいと信じ込んでいた。

妻の冷ややかなまなざしは、そこに映る己の姿だったのではないか。

彦次郎は襖に近寄り、隙間から中を覗《のぞ》いた。思わず皓光《こうこう》に目を瞬く。

奥の仏壇のまわりに大小様々な形をした燭台が置かれていた。幸が蔵から持ち出した黄金の燭台もあった。ひとつひとつから炎が燃え立ち、まるで灯籠《とうろう》を浮かべた海原を見るようだ。

光の波間に端座して、登勢は両手を合わせていた。薄い肩が炎とともに揺れているように見える。

声をかけるのをはばかってその場に立ちつくしていると、周囲に控えた女たちの一人がすっと立って、こちらへやって来た。

音を立てぬように襖を開け、廊下へ忍び出る。

幸だった。

幸は軽く頭を下げると、目でうながし、主を隣室へ誘った。

「間もなくお勤めが終わります。こちらでお待ち下さいまし」

彦次郎が上座へつくのを待って、幸はあらためて挨拶をした。

「殿さまの御身を案じられ、奥方さまは各地の寺社へ詣で、また京より僧都《そうず》さまをお招きになられて祈念されておられるのです。先日、宗芳《そうほう》さまというお方が京よりおいでになられました。そのお方が申されるには、殿さまは闇の中で道に迷うておられるとやら」

彦次郎ははっと目を上げた。

「わしが、道に迷うておると……」

「はい。宗芳さまは奥方さまに、殿さまをありったけの光で照らして差し上げるように、と申されました。それも、冷たく冴え渡った月光ではのうて、触れれば熱く、焼けつくほどの光でなければならぬと」

皓々と火を灯し、一心不乱に祈っていた妻の姿が目に浮かぶ。

いつの頃からか、妻は笑わなくなった。受け答えに棘《とげ》が含まれているような気がした。

もっともそれ以前から、夫婦の間で会話らしい会話はなかった。彦次郎は妻をないがしろにしていたが、妻の方も自分を疎《うと》んじているとばかり思い込んでいたのである。

――手を携え、命を賭して将軍家を支えるのじゃ。

力強く言った柳沢は、あっけなく一線を退いた。

――これからもその知恵、役立ててくれ。

自ら引き止めておきながら、現将軍は手の裏を返した。

――荻原重秀《しげひで》こそ大悪人。年貢の納め時よ。

世人は辛辣《しんらつ》な悪口をあびせかける。

郎党の中にも逐電する者が出はじめた。

そんな最中、妻だけが自分を見捨てずにいてくれたというのか。

「勤行《ごんぎょう》を終えたらここへ参るように伝えよ」

言ったとたんに腹が鳴った。

「そうじゃ、夕餉《ゆうげ》を食うのを忘れておった」

正式な食事は朝餉と夕餉の二食、夕餉はまだ陽のあるうちに食うのが決まりである。帰路は徒歩だったので思わぬ時間がかかり、食べ損ねた。

幸は目を丸くした。

「それでは空腹にございましょう。すぐにお膳のご用意を」

「いや。登勢が参ってからにしよう。夜食の仕度をの。おお、そうじゃ、今宵は登勢と酒でも飲むか」

別れの盃となるはずである。

「なにをしておる。酒じゃ」

幸は辞儀をして出て行った。

しばらくすると勤行が終わったのか、隣室から女たちの衣ずれの音が流れてきた。待つほどもなく、登勢があらわれる。

夫婦は注《さ》しつ注されつ酒を飲んだ。

登勢はすぐに目元を赤らめ、片手を頬に当てたが、それでも盃を口に運んだ。仄暗《ほのぐら》い行《あん》灯《どん》の明かりに照らされて、細っそりとした影が頼りなげにゆれている。

彦次郎は酔いにまかせて、ぽつりぽつりと話をした。意味もなく、脈絡もない思い出話だ。

突然、登勢は双眸に激しい色を浮かべて彦次郎を見た。

「なんぞ、気に障ることを言うたか」

「いえ……」

「言いたいことがあるなら遠慮はいらぬ。申してみよ」

登勢はためらったのちに両手をついた。

「約束していただきたきことがございます」

「約束しよう」

「なれば申します。切腹だけは、なされますな」

彦次郎は息を呑んだ。

「自らお命を断たれてはなりませぬ」

「おそらく明日、わしは罷免になろう。蟄居《ちっきょ》、閉門ならよいが、そのままどこぞへ押し込めとなるやもしれぬ」

悪評のすべてを自分に背負わせるつもりなら、あるいは、罷免を皮切りに大胆な改革を進めようとするならば、彦次郎の口を封じてしまうほうがいい。

登勢が案じているのもそのことだろう。

「悪貨を鋳造して私腹を肥やした。わしは悪人だそうな」

自嘲気味に言うと、登勢は怒りをあらわにした。

「あなたさまは悪人ではございませぬ。職務を全うなされただけにございます。私腹と申されますが、御用商人や金座銀座のお役人方が勝手に蔵に金品を積み上げていっただけではありませんか。あなたさまはお使いになられる暇すらございませんでした」

政のことなどわからぬ、関心もないだろうと思っていた妻が、これほど正確に事情を察していたとは。冷淡だとばかり思っていた妻にこれほどの激しさがあったとは。彦次郎は呆然としている。

登勢は夫ににじり寄った。

「お命を断てば先方の思う壺。罪を認めたようなものにございます」

「潔く腹を斬れば家名を残そう。源八郎に家督を継がせると言われたらどうする？」

「お断りなされませ」

登勢は即座に応えた。

「お情けに禄を与えられ、罪人の子と後ろ指さされて、勘定所下役にしがみついたところで何になりましょう。源八郎には武士を捨てさせてもよろしゅうございます。お辛うございましょうが、お命、永らえて下さいませ」

「相わかった」

そう答えて、彦次郎は妻の背に手をまわした。

近場で見ると、登勢の顔にはくっきりと老いが刻まれている。

痩せた背を撫で、過ぎ去った歳月をたどりながら、彦次郎は朝を迎えた。

六

朝は無数にある。

その中のたったひとつに過ぎないのに、それは特別な朝だった。

「体が軽い。生まれ変わったようじゃ」

市右衛門の顔に貼りついた苦悩の色を吹き飛ばすように、彦次郎はさばさばと話しかけた。

熨斗目《のしめ》小袖の上から麻上下《あさがみしも》をつけた礼装で、玄関へ向かう。

式台には輿がつけられ、輿の横に四人の六尺、そのまわりに伴侍が居並んでいた。目を伏せ、うなだれた顔は一様に暗い。なにが城で主を待ちかまえているか、だれもが心得ているのだろう。

彦次郎は左馬之助の視線を捕らえた。うちひしがれた目をしている。思わず励ますようにうなずいた。

登勢は式台に膝をそろえていた。彦次郎を見ると、袖にのせた刀を恭しく差し出した。受け取る瞬間、目が合った。

登勢は淡く微笑む。さすがに血の気のない顔をしているが、その目には妻の誇りを示す毅然とした色があった。

妻の傍らに、十七になる源八郎がひかえていた。彦次郎より登勢に面差《おもざ》しの似た、凡庸な倅《せがれ》である。これまでは野心の乏しい嫡男が歯痒《はが》ゆかった。が、今はそれが無上のものに思える。

彦次郎は軽くうなずいた。息子に向けていた目を上げ、屋敷の奥を透かし見る。

ここは役屋敷だ。罷免となる以上、もはや戻ることはあるまい。渾身の努力で手に入れた屋敷ではあったが、しょせんは借り物、今となってみればなんの未練もなかった。

「出かけるぞ」

妻に声をかけた。

「ご無事をお祈りしております」

登勢は、かすれた声で言った。

彦次郎は市右衛門に合図をして、輿に乗り込んだ。

輿は門へ向かった。

彦次郎は簾《すだれ》を開けて庭を眺めた。

萩が花をつけている。槙の梢に雀が止まっていた。池の汀《みぎわ》には朝陽が溜まっている。今日も秋晴れになるらしい。

長屋門の前に門番、そのそばに槍持や草履取、挟箱持などの中間が待機していた。

門の脇に吉蔵が畏まっている。

「待て」

彦次郎は輿を止めた。

「頼んだぞ」

声をかけると、吉蔵は「へい」と応えた。欠けた歯を覗かせる。

彦次郎は簾を閉めた。

目を閉じる。

昨日の朝から今朝まで、長い時を経たような気がした。一日でずいぶん歳をとったと思ったが、そう思うのはまんざら悪い気分ではなかった。

自分は、汗をぬぐい息をはずませ、脇見もせずに真昼の道を歩いて来たのだ。
まぶたの裏に残光があった。
心残りは、もうない。

蛙《かわず》

一

じゃりっという音に、弥津《みつ》は顔をしかめた。

蜆《しじみ》の汁に貝殻のかけらがまぎれこんでいたらしい。正体がわかっていても気持ちのよいものではない。舌先でかけらを探る。

側仕えの富江は、髪を結《ゆ》うために、弥津の後ろで元結や笄《こうがい》を並べていた。敷居の近くにはもうひとり給仕役の侍女もいたが、おこんという名のこの娘は、呼ばれなければ目を伏せている。

親指と人差し指で舌の先にのせたかけらをつまんだ。

こんなとき姑《しゅうとめ》なら、これみよがしに異物を見せて、女たちをあたふたさせるにちがいない。形のよい眉をひそめただけで、賄《まかな》い方の下々にいたるまで大騒ぎになる。

「おこん。膳を下げておくれ」

声をかけると、おこんは目を上げた。一礼して膳をかかげ、退出する。

澄明な仲秋の陽が十坪ほどの壺庭にあふれていた。枝ぶりのよい松と白梅を配しただけの庭は、この季節、彩《いろど》りが乏しい。嫁《とつ》いだ当初はせめて萩でも植えたいと思ったものだが……。自分のために姑が誂《あつら》えた庭と聞けば、手を加えるのは気が引けた。

「見事なお髪《ぐし》にございますねえ。こればかりは本光院《ほんこういん》さまもかないませんよ」

手際よく片はずしを結いながら、富江は毎朝のきまり文句をつぶやいた。

弥津は苦笑する。他にこれといって褒《ほ》められるところがないからしかたがない。平凡で艶《あで》やかさに欠ける顔は、歳より若く見えるのだけが取《と》り柄《え》。早世した長子を入れて三男一女の母だとは、だれも思わないだろう。

本光院とは姑の淑子《としこ》の、後家になってからの呼び名である。淑子は嫁いで二年目、二十二歳のとき夫に先立たれた。当年三十四歳、弥津より六歳年長である。

姑の美貌は群をぬいていた。気性もはげしく、立ち居振舞もきびきびして、弥津などそばにいるだけで気後れしてしまう。

苦手な姑だが、人あしらいが不得手で世間知らずの嫁には、なくてはならぬ人でもあった。

それ以上に、姑には恩義があると言っていい。

山田家には、弥津以外にも美しく才長けた娘たちがいた。ところが姑は迷わず弥津を選んだ。劣る子ほど可愛いものか、見栄えはぱっとしないが気だてのよい娘に思わぬ幸運が転がりこんだので、父は手放しで喜んだ。非の打ち所のない夫と、大身《たいしん》の旗本家の嫡母《ちゃくぼ》たる地位を与えてくれた姑には、いくら感謝してもし足りない。

先代が急病で死去したのちに十六歳で養子になった夫は、義母と反《そ》りが合わないようで、なさぬ仲の母子はよそよそしく見えた。

四千石の旗本である藤枝家の屋敷は、敷地が千四百坪、総建坪六百坪余。殿様御殿、奥様御殿、本光院様御殿、玄関棟、台所棟が渡り廊下で結ばれ、その他に土蔵や家来用の長屋が建ち並んでいる。

夫は寄合《よりあい》で、これといったお役がない。本来なら暇を持て余しているはずだが、大身の旗本ともなればそれなりの勤めがあるのだろう。

「おや、お目覚めになられましたよ」

富江は顔をほころばせた。

隣室で子供たちの声がしている。三人の子供にはそれぞれ乳母がついていた。男児は六つと五つの年子でいたずら盛り、女児は二歳である。

富江ももとは弥津の乳母だった。夫に先立たれ、婚家までついてきた。藤枝家で本光院の悪口を――むろん弥津の住む御殿の中にかぎってではあるが――平然と言えるのは、富江くらいのものだ。

「明日の十五夜は、父上においでいただきましょう。お祖父《じい》さまのお顔を見れば、安十郎も寅之助も大悦びしますよ」

弥津の父の山田肥後守利壽《としよし》は、藤枝家先々代の妹を妻に迎えた。弥津の母である。藤枝家の先代、先々代はすでに亡く、夫は養子、本光院も他家より嫁いだ女なので、この家で藤枝氏の血が一番濃いのは弥津ということになる。

今でこそ寄合にくすぶっているものの、藤枝家は三代将軍家光の側室、順性院《じゅんしょういん》の父を祖とする家柄である。将軍家と縁つづきの大家に嫁ぎ、次男の安十郎、三男の寅之助と二人の男児が無事育っていれば、とりあえずお家は安泰。弥津にはなんの憂いもなかった。

「雨が降らねばようございますが」

富江が言ったときだ。

玄関の方角でざわめきが聞こえた。

「なにごとでしょう」

二人は聞き耳を立てる。

騒ぎは鎮まりそうになかった。それも罵声や入り乱れた足音が聞こえる、といった類のものではなく、異様に興奮の波がひたひたと押し寄せて来るような……。

昨年（天明四）の三月、殿中で、旗本の佐野政言《まさこと》が若年寄の田沼意知《おきとも》に斬りつける事件があった。傷がもとで意知は死去したが、事件の噂は尾鰭《おひれ》をつけて広まった。一年の余が過ぎた今も、弥津の脳裏に生々しくこびりついている。

「見て参りましょう」

富江が体の向きを変えたとき、姑の侍女のお勝が息せき切って駆けて来た。敷居際に膝をついたものの、言葉が出ないのか、肩を大きくあえがせている。

「なんぞあったのですか」

弥津は急《せ》き込むように訊《たず》ねた。

お勝は弥津の問いには答えず、お急ぎくださいと両手をついた。

「本光院さまのお居間にて、ご用人さまがお待ちにございます」

「なにがあったのじゃ」

「さあ……」

身をちぢめるばかりのお勝を退《さ》がらせ、身支度をととのえる。

渡り廊下を通って本光院の御殿へ急いだ。

本光院は隠居の身である。本来なら奥様御殿より奥まったところに居室があるのがふつうだが、藤枝家では他家と異なり、表門を入って玄関棟、殿様御殿、それから本光院の御殿がつづいている。弥津の御殿は一番奥である。

実際、家刀自《いえとじ》の役割はいまだ姑の手に握られていた。そのことを不服と思ったことはない。わずらわしい家政のいっさいから逃れ、長閑《のどか》に暮らせる立場をありがたいとさえ思っている。

「ご両人さまお待ちかねにございます」

弥津の顔を見るや、姑に仕える老女が目配せをした。

あわただしく座敷へ押し込まれる。

床の間と違い棚のある八畳の上座に姑の本光院が、下座の左手に用人の尾崎郡兵衛が座していた。

秋の陽も座敷の隅々までは届かない。薄暗い居室の中で、姑は凍った月のように見えた。﨟長《ろうた》けた顔はいつにも増して凄艶《せいえん》である。静まり返った顔に生々しい感情は片鱗《へんりん》も見えない。

切れ長の目を上げ、弥津を認めると、姑はその目で尾崎の正面に座るよう合図をした。

弥津が席につくのを待って、

「殿が逝去されました」

と、本光院は抑揚のない声で言った。

膝を進めた尾崎が「昨夜未明、某所にて」と、言ったところで声をつまらせ、「お腹を召《め》されたそうにござりまする」と、しぼり出すようにあとをつづけた。

「お腹を……主《あるじ》どのが？」

弥津は絶句した。

なにゆえ夫が腹を切るのか。とっさにはわからなかった。

ただ目を泳がせる。弥津は尾崎を見て、姑を見て、再び尾崎を見た。

尾崎は苦渋の色を浮かべていた。

「詳しゅうはわかりかねまする。石川と奥村が現場へ駆けつけましたゆえ、戻るまでお待ちくだされ」

「駆けつけたとは、殿中ですか」

「いや。千束《せんぞく》村のさる農家にて」

「主どのが農家に……」

「弥津どの、このことは隠し通さねばなりませぬ。万が一、お上《かみ》のお耳に入らば、改易《かいえき》にもなりかねませぬ」

姑はいつもどおりの有無を言わせぬ口調で言った。

先代が急病で死んだ際、藤枝家は遠縁の徳山家より養子を迎え、事なきを得た。今回は実子がいる。相続に問題はないが、事が公になれば、お家はお取り潰しともなりかねない。

頭から血が引いてゆくのがわかった。

「そなたの実家に知らせをやりました。利壽さまもじきにお見えになられるはずじゃ」

知らせを聞いて、父がどれほど驚くか。血相を変えて飛んで来るにちがいない。

采配《さいはい》を姑と尾崎にまかせ、弥津は席を立った。

きりきりと鳩尾《みぞおち》が差し込んだのは、居室へつづく廊下を歩いていたときだ。突如、恐怖が押し寄せた。つづいて、悲しみとも怒りともつかぬ激情がこみ上げる。

「主どの、いったいどうして……」

廊下にうずくまり、弥津はうめいた。

二

弥津はぼんやり庭を眺めていた。

ざわついた気配はつづいているが、もはや耳には入らない。鳩尾の差し込みも消えている。

涙は一滴も出なかった。死んだと告げられただけで、理由も状況も不明、亡骸《なきがら》も見ていないのでは涙の流しようがない。

夫と最後に逢ったのはいつだったかと指を折った。

六日前だ。

表と奥の区別はあるものの、藤枝家には大身然とした厳格なしきたりはなかった。夫はその日、前触れもなくやって来て、弥津の膝元で寝ているややこの顔を覗《のぞ》き込んだ。

「よう肥《こ》えておるのう。兄たちより妹のほうが強うなりそうじゃ」

いつになくはずんだ声で話しかけた。

「女子《おなご》は強うございますか」

弥津も笑みを返した。

「強い強い。弱法師《よろぼし》にはとうてい太刀打《たちう》ちできぬ」

夫はおどけが半分、本音が半分といった体《てい》で唇をゆがめた。

弥津はとっさに姑の顔を思い浮かべた。

夫の名は藤枝外記《げき》教行《のりなり》。幼名は安十郎、徳山甲斐守貞明の八男である。先代の祖父の妹が徳山家に嫁いでいるので、両家は遠縁だった。藤枝家の先代が二十四歳の若さで急逝した際、大あわてで養子を物色、その結果、まだ養子縁組の決まっていなかった安十郎に白羽の矢が立った。

五百石取りである徳山家の八男に生まれた夫が四千石の大家の当主になったのだから、大出世にはちがいない。が、夫がそれを幸運と思っていたかどうかは疑問だった。

徳山家の嫡男は家督を継ぐ前に死んだ。弟たちがみな他家の養子となっていたので、縁戚より迎えた養子が家督を継ぐことになった。

「おれが残っておったらのう」

夫は無念そうにつぶやいたことがある。

大家の養子となり、養母の顔色を見て暮らすより、禄高《ろくだか》は劣っても生まれ育った家を継ぎ、のびのびと暮らしたい。そう思っていたのではないか。

弥津は十八で教行の妻となった。夫とは同い年だ。嫁いでわかったことだが、藤枝家を名実ともに牛耳っていたのは本光院だった。

婚礼の日、弥津は早くも姑と夫の間にぎくしゃくしたものを感じた。夫はしばらく新妻に冷淡だった。美人でもなく、これといった取り柄もない自分が不満なのだろうと思ったのだが、義母に押しつけられた嫁というだけで敬遠していたのかもしれない。

皮肉なことに、長子の死が夫婦の亀裂を埋めた。嘆き暮らす妻に、夫ははじめて目を向けた。それから数年、夫婦らしい睦《むつ》み合いがつづいた。

夫が自害して果てたと聞かされたのに、妻である自分にはなにひとつ理由が思い浮かばない。そんなばかなことがあろうか。

今一度、最後に逢った日の情景を思い浮かべる。

夫は自分のことを弱法師だと言った。能の中の弱法師は、心ない讒言《ざんげん》によって親に追放された美少年が、盲目となり弱法師となって諸国を経巡《へめぐ》る。過ちを悔い、我が子を哀れんで施行《せぎょう》に励む親と天王寺《てんのうじ》にて再会を果たす話である。

見えたり見えたり、満目青山は心にあり。おう、見るぞとよ見るぞとよ……。

弱法師は心の目で昔日の四方の景色を眺める。光を失って光を見る。

夫はなにが言いたかったのだろう。

目の中がひりひりした。今の今までなにげなく眺めていた庭が描き絵のように見える。

それはなぜか安穏としていた自分のようにも思え、はじめて腹立たしさを覚えた。

弥津はおこんを呼びつけた。

おこんはすぐにやって来た。敷居際に膝をついたまま、中へは入ろうとしない。

「そんなところでは話ができませぬ。入りなさい」

二度三度うながすと、おこんはようやく中へ入った。下座に腰を下ろし、ごくりと唾を呑《の》み込む。

「主どのが急逝されました。そのことは知っていますね」

「はい」

姑は他言無用と念を押したが、これだけ屋敷内がざわめいているのだ。秘密がもれぬはずがない。

「なにゆえ亡くなられたか、おまえはなんと聞かされたのじゃ」

「あたくしは、なにも」

「知らぬはずはありませぬ。どうせわかることです。聞いたままをお言いなさい」

おこんはもぞもぞと尻を動かした。

「わたくしには言えぬ、と言うのですか」

「いえ……」

「今一度訊ねます。おまえはなんと聞かされたのじゃ」

おこんは目を伏せた。

「千束村の農家で女子を斬り殺して、その場で割腹されたと聞きました」

畳が一気に迫《せ》り上がった。体が大きくゆれ、目の前が真っ暗になる。

すぐには声が出なかった。

おこんはいたたまれぬようにうなだれている。

「女子を……斬り殺した……？」

かすれた声でつぶやいた。

おこんは視線を畳に落としたまま、

「吉原の、お殿さまのなじみの女子、と、聞いております」

と、消え入りそうな声で応えた。

「皆も知っていたのですか」

おこんはうなずいた。

「この春くらいから」

落ち着け落ち着けと胸の内でつぶやきながら、なおも訊ねる。

「お姑上《ははうえ》さまもご存じだったのですね」

「本光院さまは何度も諫《いさ》められたのですが、お殿さまはお聞き入れにならず……。先日は座敷牢に閉じこめるとまで仰せで。お殿さまははげしく詰《なじ》られ、閉じこめられるものなら閉じこめてみろと言い返されて、出て行ってしまわれました」

姑は知っていたのだ。夫の身になにが起こっていたか、はじめから終わりまでことごとく。

「もうよい。退がりなさい」

おこんは顔を上げた。怯《おび》えた目で主を見つめる。

「このことはだれにも言ってはなりませぬ。わたくしと話したこともなかったとお思いなさい。さあ、お行き」

おこんは頭を下げ、敷居際まで退がってもう一度辞儀をした。逃げるように去ってゆく。

陽射しが陰ったせいか、壺庭は白っちゃけて見えた。短くなった影が石木の下で、書き損じの染みのようにうずくまっている。

弥津は苦い唾を呑み込んだ。

だれもが知っていたのに、自分だけが知らなかった。庭を隔てた向こう側、渡り廊下のその先で起こっていたことに、自分ひとりが気づかなかった。

なにか兆候があったはずである。夫の態度、姑の言葉、周囲の人々の表情。目を開け耳を澄ましていたなら、ひとつくらいおかしなことに気づいたはずだ。そう思うと、今さらながら己の無頓着が悔やまれた。

それにしても、なんということを……。

我が身を責めていたものが、いつしか夫への激しい怒りに変わっている。夫だけではなかった。夫をそこまで追い込んだ姑や、こうなるまで自分に真実を告げようとしなかった尾崎、富江、おこん……屋敷中の人間がひとり残らず腹立たしい。

皆でひそかに笑っていたのではないか。夫の行状も知らず、安閑と日々を過ごしている愚かな妻を。

弥津はのろのろと片手を上げ、笄を引き抜いた。

髱《たぼ》が短くなったり鬢《びん》が張り出したり、流行《はやり》はめまぐるしい。武家女の髪型も世に連れて変わっている。それでも大身の旗本の妻女ともなると、変化はごくひかえめだった。片はずしは垂れ髪を笄に巻き付けて結い上げただけの手軽な髪型で、古めかしいが、行事もなく来客もない日は十分これで通用する。

要《かなめ》の笄を引き抜くと、髷《まげ》がゆがみ、はらはらと髪が落ちてきた。虚空に目を据《す》え、放り投げる。笄はかつんと乾いた音をたてて廊下に転がった。

「おやまあ」

富江の声がした。

「気が狂《ふ》れたわけではありませぬ。腹に据えかねただけじゃ」

「かような目にあわされれば、仏だとて腹を立てます」

富江は腰をかがめて笄を拾い上げた。

「本光院さまのお指図にて、お子たちを徳山家へお預けいたしました。一刻も早うとの仰せゆえ、ご報告が後先になりましたが」

山田家とちがって徳山家は同じ湯島である。

「母はわたくしです。なにゆえわたくしに言わぬのです」

弥津は声をとがらせた。

いつもなら姑の機転に感心こそすれ、腹を立てたりはしない。常とはちがう弥津の反応に、富江は目を丸くした。

「申し訳ございませぬ。本光院さまが、奥さまをわずらわせてはならぬと仰せになられましたので」

「そうやって、おまえたちはわたくしをないがしろにするのですね」

「ないがしろなどと、とんでもない。みな奥さまのためを思って……」

「いいえ、軽んじているのです。今度のことでようわかりました」

言ったとたんに、弥津は声を荒らげたことを後悔した。

「おまえを叱っているのではない。ただ、この家でなにが起こっているか、わたくしはなにひとつ知りませぬ。主どのが廓《くるわ》通いをしていたことすら知らなかったのです。だれもが知っていたというのに」

「お耳に入れるのがはばかられたのです」

「もうよい。今さら言うても詮無いことです」

「けれど奥さま」富江は膝を進めた。「こうなりましたゆえははっきり言わせていただきますが、わるいのは本光院さまにございます。せっかくお心安らかにお暮らしのところを、わざわざ火に油をそそぐようなことをなさったのですから」

「油をそそぐ……」

弥津は眉をひそめた。

「そうではありませぬか。藤枝家当主は、かつては従五位下《じゅごいのげ》をいただく身分だった。先々代までは中川御番衆を務めていた。それなのにお役にも就けぬはお家の恥だと、ことあるたびに嫌味を仰せになられて」

中川御番衆は中川の船番所の番人で、寄合の中でも三千石以上の大身の旗本に与えられる名誉職である。実際はろくに仕事がなく、ただ暇をつぶしているようなものだが、それでも一応、体面は保たれる。

「本光院さまは、ご実家のつてを頼って、殿さまを駿府《すんぷ》の加番になさろうと計っておられたそうです。殿さまはそれがお嫌で、大喧嘩をされました。それまでも言い争いはあったようですが、あのときのような恐ろしいことははじめてだと皆が申しておりました」

駿府の加番は駿府城内の警衛修理の管理と政務を取り扱う役で、大名一名と寄合の旗本二名が、一年交替で務める。

「恐ろしいとはどういうことじゃ」

「お怒りになられた殿さまが本光院さまを土蔵へ閉じこめ、談判なされたのだそうです。日頃おやさしい殿さまがこめかみに青筋を立て、拳をふるわせておられましたとやら。まさかとは思うものの、もしや本光院さまに危害をお加えになられるのではないかと、皆はらはらいたしたそうです」

夫を小心者と思ったのはまちがいかもしれない。弥津は意外な思いに打たれた。

「で、どうなったのですか」

「その場はなにごともなく。もっとも、殿さまは凍りついたようなお顔で出ておいでになられました。本光院さまは泣いておられたようで……」

弥津はあっけにとられた。あの勝ち気な姑が夫にやりこめられて泣いたとは信じられない。

「それからなのだそうです。殿さまはこれみよがしに廓通いをされるようになられましたとか」

「駿府加番の話はどうなったのですか」

「立ち消えになりました。廓通いの悪評が立ち、本光院さまご実家の近藤家の耳にも入ったのでしょう」

富江はまたもや膝を進めた。

「殿さまは駿府行きの話を壊すために、わざと悪評が立つようふるまわれたのではございますまいか」

「主どのなら喜んでどこへなりと行きそうなものじゃ」

弥津の目に狂いがなければ、夫は姑から離れたがっていた。それなのになぜ駿府へ行くのがそれほど不満だったのか、そこのところが腑に落ちない。

「殿さまと本光院さまは意地の張り合いをしておられたのですよ」

富江は当たり前の顔で答えた。

「本光院さまの魂胆に気づかれ、それで意地になられたのです」

「魂胆……」

「ですから、火に油をそそいだと申しました。奥さまと殿さまが御仲睦まじいのが、あのお方はお気に入らなかったのです」

思いがけない話の展開に、弥津は目を見はった。姑自らが選んだ嫁である。夫婦仲が良いのは安心こそすれ、気に入らぬはずがない。

「思ってもみませんでした、さようなことがあったとは」

妻が子供たちにかまけ、奥御殿で何不自由なく暮らしている間に、夫の身にはさまざまな出来事が降りかかっていたのだ。なぜ、その一端でも話してくれなかったのか。

「せめて駿府加番の話を知ってさえいれば……」

嘆息したとき、あわただしい足音が聞こえた。

「ご遺骸がご帰還になられました」

庭へ駆け込んで来たのは高野又四郎である。山田家の遠縁にあたるので、弥津も富江も心頼みにしている。当主が登城する際は馬の口取を務め、夫からも目をかけられていた。

「千束村まで参ったのですか」

「はい。石川さま奥村さまのお供を申しつかりました」

「で、主どのは……」

「は。その場にて医者を呼び、後始末仕《つかまつ》りました」

女子を斬り、自らも割腹して果てた主の死に様である。骸《むくろ》は医者が臓腑を詰め、縫合を済ませたという。

「ご苦労でした。これほど早うにご帰還が叶うたは、そなたらの手柄じゃ」

弥津は労をねぎらった。

「町方の詮議がはじまる前に、強引にお運びいたしました。このままで済むとは思えませぬが」

「ご遺骸はどこに」

「本光院さまのお居間に安置いたしました」

「お姑上さまの……」

「この後の処置はともかく、人目を忍ぶ必要があるからと、本光院さま自らお指図をなされました」

当主の亡骸なら、表の座敷へ運び込むのが慣例である。

だがむろん、この場合は、慣例は通用しなかった。事態をどう処理するか、善後策が決まるまで亡骸を目につかぬところに安置せよと姑が言うなら、その判断は正しい。

「父上はまだですか」

「そろそろおいでになられる頃かと思われます」

「いらしたら、すぐに知らせておくれ」

「承知仕りました」

又四郎はやって来たときと同じように、あわただしく出て行った。

弥津は座り込んだまま氷像のように動かない。実際、腑抜けになったようだった。

「ご対面なさらぬのですか」

富江が訊ねた。

夫の亡骸である。妻が真っ先に駆けつけるのは当然だ。わかってはいても、動く気にはなれなかった。

姑の侍女が呼びに来た。

頭痛がすると言って追い返した。

尾崎の家来も呼びに来た。

同様に断った。

昼餉《ひるげ》を運んできたおこんもすげなく追い返す。

「気分がわるうて人前には出られません」

なにも手につかず、なにも考えられず、そのくせ心落ち着かず、弥津はこれまでで一番長い一刻《ひととき》を過ごした。

三

弥津の父、山田利壽が藤枝家へ到着したときには八つ時（午後二時）を過ぎていた。

「あいにく茶会に呼ばれておったのじゃ。急使に耳打ちされたときはあわや卒倒するかと思うたが……。騒ぎ立てれば事が公になる。なに食わぬ顔でしばらく留まり、頃合いを見計ろうて抜け出して参った」

小座敷で向き合うなり、利壽は重苦しい息を吐いた。

娘の御殿へ来る前に、教行の亡骸に香華《こうげ》をたむけて来たという。いでたちは茶会のまま。それも人目を避けるための気遣いだった。

恰幅《かっぷく》もよく剛胆な気性の利壽は、隠居後も一向に衰えを知らない。

弥津は幼い頃、父親似と言われるのが嫌でたまらなかった。母さまに似れば美しゅうもなれたのに……。鏡を見るたび、うらめしげにつぶやいたものだ。

今は、自分に父の剛胆さが少しでもあればいいのにと思う。

「待ちかねておりました。思いもかけぬ出来事ゆえ、どうしてよいやらわからず」

「まったくとんだことになったものじゃ」

利壽は白髪まじりの頭を振り立てた。

「これからどうなるのでしょう」

「まずはお上になんと届け出るか、そのことじゃが……」

「皆はなんと言うているのですか」

「尾崎どのは、当主の死去についてはしばらく伏せ、今回の事件は郎党の不祥事、すなわち身代わりを立てて、その者の遺骸として届け出てはどうかと言うておる」

弥津は目をみはった。

「さようなことができるのですか」

身代わりを立てるとなれば、その者に言い含め、相応の金子《きんす》を渡して遠方へ逐電《ちくでん》させなければならない。もちろん町方やすでにかかわった者たちにも相応の口止め料が必要だった。しかも嘘がばれれば、お上の逆鱗《げきりん》に触れる。

たとえ身代わりで事が済んだとして、夫の代役はどうするのか。死んでしまった者ならともかく、旗本の当主役を別人が務めるわけにはゆかない。

「というてありのままを届け出れば、おそらく藤枝家は改易となろう」

当主が遊興にふけり、あろうことか遊女を連れ出して無理心中を計ったのだ。恥ずべき所業に言い訳は立たない。

我が子の将来がかかっていた。なにもしないで改易になるなら、わずかな望みに賭けるべきかもしれない。

「急病ということにして安十郎に家督を譲る。許可が下りさえすれば、あとはどうにでもなろうが……」

当主でなく隠居なら、死亡届けを提出したところでうるさいお調べは免れる。

が、楽観はできぬと利壽は釘を刺した。

「人の口に戸は閉《た》てられぬ。たとえ町方が口をつぐんでおったとして、殺された女子の側が黙っておるかどうか。見た者聞いた者、すでに噂は広まっておるはずじゃ」

夫は廓通いをしていた。廓でも素性を知る者がいるはずである。

「それにしても、なぜもっと早う手を打たなんだのか。いかようにもやりようはあったはずではないか」

利壽が歯ぎしりをするのを見て、弥津は首をかしげた。

「やりようとは、どういうことですか」

利壽は言おうか言うまいか、ためらう素振りを見せた。が、今さら隠してもしかたがないと肚を決めたのだろう、弥津の目を見返した。

「いろいろといきさつがあったのじゃ」

父の話によると、夫は以前も廓通いをして諫められたことがあったという。弥津を嫁に迎えてすぐの頃で、噂は利壽の耳に届いた。

「わしは教行どのを呼んで諄々《じゅんじゅん》と諭《さと》した。遊ぶなとは言わぬ。妻ひとりを守れと言うても、無理なことは承知。側室の一人二人置いてもかまわぬ。ただし、旗本家の当主なれば、まずは嫡子をもうけ、お家の安泰を計るが第一だろうと」

義父の言葉が身にしみたのか。相次いで三男一女が生まれ、安堵《あんど》していたところへ、再び由々しい噂が聞こえてきた。

「こたびの大菱屋の綾衣《あやぎぬ》と申す遊女のことは、遊びのつもりが本気になってしもうたようじゃ。実をいうと、教行どのから相談をされた」

弥津はあっけにとられた。自分の知らないところでそのような話がなされていようとは……。

「綾衣を落籍《らくせき》したいがお許し願えぬか、と言うのだ」

「父上はなんとお応えになられたのですか」

「やむをえぬ。弥津にはわしから話そうと言うた。大身の旗本が廓へ入り浸るはいかにも外聞がわるい。それならいっそ妾《めかけ》にして屋敷内に置くほうが聞こえもよかろう」

遊女を側室にした大名の例もある。そもそも四千石の旗本ともなれば、側室が数人いて当然だった。二十八で妻女ひとりを守っている夫はむしろ奇特である。

もし夫が望んだとおりになっていたらどうだったか。

自分はさほど嫉妬を感じなかったのではないか。大家の正室におさまり、嫡母となったことで、十分に満たされていた。

「なにゆえ落籍なさらなかったのでしょう」

「本光院さまが頑として聞き入れなんだのじゃ」

「お姑上さまが……」

「さよう。大菱屋からも打診があったそうじゃ。これはつい今しがた聞いた話だが、数日前、両国の仮宅《かりたく》にいた女を教行どのが連れ出したそうでの、大菱屋の遣いがここまで談判に参ったとか」

昨夏、新吉原が大火で焼けた。大菱屋は両国で仮営業をしていた。夫がなじみの遊女を簡単に連れ出せたのは、警備の手薄な仮宅にいたからである。

「ひとこと落籍させると言えば、かようなことにはならずに済んだ。ところが本光院さまは、自分が生きているうちは断じて許さぬ、その女を側室にするならわらわを殺せとまで仰せられたそうでの」

弥津は心底、驚いた。

姑はなぜそんなにも夫に辛くあたったのか。

青ざめた顔で土蔵から出て来た夫、土蔵の中で泣いていた姑。富江の話が耳に残っている。

「子供らはどうした」

利壽に訊かれて我に返った。

「乳母が徳山家へ連れて参りました」

「徳山家のご当主はお若い。教行どのの父御も兄君もこの世にはおらぬ。持て余すようなら我が家にて預かろう。おまえもしばらく子供らにはかまけてはおれんじゃろう」

夫の実家の当代は親戚の家から婿養子に入った貞栄で、同じ湯島に屋敷があるので行き来はしているものの縁は薄く、いざというときの頼りにはならない。

「よろしゅうお願いいたします」

弥津は頭を下げた。庇護者のいる身がありがたい。

利壽は痛ましげに娘を見つめた。地味で目立たぬ娘に幸運が転がりこんだ。肩の荷を下ろした気でいたら、突然、足をすくわれた。有為転変の激しさに胸を衝かれているのだろう。

「弥津。教行どのは家臣某《なにがし》として葬られることになるやも知れぬ。となれば夫婦二世の縁《えにし》も結べぬ。ひと目逢うて別れを告げて参るがよい」

帰り際に、利壽は言った。

茶会の帰り道なので、心利いた家臣を残して一旦我が家へ帰り、明朝からはしばらくこちらへ詰めて後始末を手伝うという。

父のお陰で気持ちが軽くなった。そのせいか急に空腹を覚えた。

もう七つ時（午後四時）だった。

おこんを呼んで湯漬けを運ばせた。危急のときでも腹は空く。そのことが不思議に思える。

食べることだけに気持ちを集中して湯漬けを腹におさめた。

「子供たちのことですが……」

富江に指図をしようとすると、

「さきほど本光院さまがお父上さまとお話をなさいましたそうで」

と、遠慮がちに切り出した。

「徳山家より山田家へお移しすることになりましたゆえ、お着替えをだれぞに運ばせるようにと言われました」

またもや姑に先を越されたが、腹を立てる気力もなかった。

「あの子たちはもう二度と主どののお姿を見ることは叶わぬのですね」

生きている姿も死んでいる姿も金輪際、見ることはない。これが尋常な死に方なら、小さな指で死に顔に触れ、たどたどしく別れの言葉を述べることもできたのだ。

ふいに、熱いものがこみ上げた。

「主どのの亡骸に逢うて来ます」

弥津は腰を上げた。

富江は目を瞬かせた。

「ぜひともそうなされませ。お供仕ります」

「よい。そなたは子供たちに届ける荷物の仕度を。そうじゃ、寅之助は寝相がわるいゆえ腹掛けを忘れぬようにの。それから玩具も」

言い置いて部屋を出る。

本光院の御殿はすぐ隣だ。嫁いで十年、子を産んだときと長子を失って床についていたときを除けば、朝晩一日も欠かさず挨拶に出向いていた。

姑は、先代の奥方の淑子であったときからここに住んでいる。子が生まれることを想定して誂えた若様用の部屋はとうに改造され、書院に準ずる客用の居間になっていた。

居間の前で足を止める。

障子は閉ざされていた。中はしんとして、人のいる気配はない。

膝をつき、息を吸い込んだ。

静かに障子を開ける。

細く開けたところで凍りついた。

薄暗い部屋の中央に亡骸が安置されていた。旗本家の当主らしく褥《しとね》は高めにしつらえられ、亡骸は白羽二重《はぶたえ》の衾《ふすま》におおわれている。枕元の香華の匂いが部屋を満たしていた。弥津が凍りついたのは、顔をおおっていたはずの白布が目の先に落ちていたからでも、むき出しになった夫の顔を見たからでもない。

枕辺に姑がいた。

姑は、ただ座しているのではなかった。身を乗り出して、夫の顔を覗き込んでいる。そうではない。顔を寄せ、口を吸っているのだ。

視線は姑の異様な姿に釘付けになった。

姑は片手を死人の顎に、もう片方の手を顔の側面にあてていた。白く華奢《きゃしゃ》な指がひそやかに死人の耳たぶに触れている。いや、愛撫していた。

かがみこんでいるので、ほつれかけた髪がしどけなくうなじでゆれていた。うつむいた横顔は死人よりもっと青ざめている。まぶたは閉じられ、長いまつげの間から涙がにじんでいた。唇はぬれて光り、死人の唇にぴたりと吸いついて離れない。

息を詰め、音がしないように障子を閉めた。廊下が薄氷で、まるで体の重みをかければまっしぐらに奈落の底に落ち込むとでもいうように、怖る怖る立ち上がった。忍び足でその場を逃れる。

雲を踏んでいるようで足腰に力が入らず、自室へたどりつくのがやっとだった。くずおれるように膝をつく。

激しい疲労を感じた。頭はまだ働かず、心も空である。体の深いところだけが、煮えたぎる波のごとく大きくうねっていた。

無意識に、人差し指で唇に触れる。乾いた唇。舌で唇をしめらせてみる。

どれほどの間、放心していたのか。

波が静まるにつれ、胸がしくしくと痛みだした。

十二年前、本光院となったばかりの淑子のもとへ、教行がやって来た。十六歳の眉目秀麗な若者である。元服を済ませ、四千石の旗本家の家督を継いだ教行は、頼る人を亡くした女の目には歳より大人びて、頼もしく見えたにちがいない。

若者は十八になり二十歳になり二十二になる。淑子も二十四になり二十六になり二十八になる。淑子はこの時期、どのような思いで教行の立ち居振舞を眺めていたのだろう。

美しく賢く気性の優った娘たちがいたにもかかわらず姑が自分を選んだ訳は、今や明白だった。姑が「自分を気に入った」のではない。夫が「自分に夢中にならない」ことがわかっていたからだ。

が、姑の思惑ははずれた。長子が死んだあと、夫は妻に目を向けた。そこで夫婦仲を引き裂こうと、姑は夫を駿府加番に就ける画策をした。

わたしはお姑上さまの掌の上で踊らされていたのだ。

夫はどうか。

鳩尾がきゅっとちぢこまった。夫の気持ちを知りたい。答えが返ってこないのはわかっていたが、なんとしても知りたかった。

庭を眺め、四半刻（三十分）ほど思案をめぐらせた。陽射しが再び戻っていて、夕暮れになる前の束の間の華やぎが無愛想な庭を浮き立たせていた。弥津の目には、その華やぎさえおぞましいものに見える。

姑の抱擁。まるで情を交わした者同士のような。今にも夫が息を吹き返して、死の褥で姑を抱き寄せるのではないか。二人があられもない姿でからみ合う光景が、払っても払っても目に浮かび、気が変になりそうだった。

苦悶にあえいでいるうちに、ひとつの考えが形を成してくる。

心が決まると、富江を呼んだ。

「なにをおおせになられるかと思えば……。とんでもありませぬ。かようなときに、わるい冗談はおやめくださいまし」

富江は取り合わなかった。

「冗談ではありませぬ。本気です」

「ばかなことを。ご身分をお考えください」

「身分など、明日にも奪われるやもしれませぬ」

弥津の言葉に、富江は一瞬たじろいだ。

「いいえ、ご無理にございます。さようなことができるものですか」

「それゆえおまえに頼んでいるのです。今なら取り込み中じゃ。だれもわたくしには目もくれぬ」

「それにしてもどうやってそこまで。いえ、とっくにどこぞへ運ばれておるやもしれませぬ。行ったところで無駄足になるに決まっております」

「又四郎に頼みます。あらかじめ手配をさせなさい。金子ならいくらでも使ってよいと言うのです。それなら上手くゆくはずです」

富江はあきれ果てたように主の顔を眺めている。

「これまで、わたくしがおまえを困らせたことがありましたか。こんなふうに頼んだこともないはずです。生涯にたった一度のわがままです。わたくしとおまえと又四郎だけの秘密。それなら否《いな》やはありますまい」

富江はため息をついた。

「又四郎を探して参りましょう」のろのろと腰を上げる。「死んだ女なんぞご覧になられて、いったいどうなさるおつもりですか」

弥津は松の木の下に伸びる長い影を見つめた。

「目に見えぬ真《まこと》が見たいのじゃ」

四

藤枝家で表と呼ばれるのは玄関棟と殿様御殿である。

弥津が表へ出て行ったとき、あたりは異様な空気に包まれていた。家中のだれもが、下僕下女にいたるまで、突如おそいかかった不幸に動転して浮き足だっている。驚きや嘆きはすでに薄れ、いかにして家名を守るか我が身を守るかといった焦りが、家人の顔に色濃くにじみ出ていた。

尾崎は玄関棟の書院にいた。

石川と奥村、それにもう一人、辻団《だん》右《え》衛門《もん》という郎党が同席している。

弥津を見ると、四人はそろって意外そうな顔をした。弥津が表へ出て来ることはめったにない。まして前触れもなく、供も連れず、ひとりで書院へ来るのははじめてだった。

「今しがた、徳山家のご用人が帰ったばかりにござります」

気を取りなおしたように、尾崎が言った。

「ご苦労でした」

弥津はうなずき、部屋の中へ足を踏み入れた。

四人は顔を見合わせたものの、通り道を空ける。上座にいた尾崎があわてて下座へ退がった。

弥津は上座に座して、居住まいを正した。

「徳山家のご用人さまはなんとおおせでしたか」

男たちの顔を等分に眺めながら訊ねる。

「困惑の体にござりました。ご当主もお若く、しかるべきところへ口を利く思案もござらぬのか、ひたすら累《るい》が及ぶのを怖れておる様子にて……」

尾崎が終いまで言わないうちに、石川が眉をつり上げた。

「まったく頼りにならぬ。木で鼻をくくったような物言いじゃ」

石川は血の気が多い。いつだったか、石川が夫に食ってかかるのを見て、剛胆な家来もいるものだと驚いたことがある。

尾崎は五十代の思慮深い男で、石川と奥村はともに三十代、小柄な石川は硬骨漢で、ずんぐりした奥村は朴訥《ぼくとつ》な男である。もう一人の辻は三十そこそこか、軽輩ながら押し出しが立派なので名前と顔は記憶しているが、それ以上のことは知らなかった。

「いたしかたありませぬ。だれも我が身が可愛いのじゃ」

弥津は石川をなだめ、尾崎に目を向けた。

「それで、どういたすのですか。ぐずぐずしてはいられませぬよ」

尾崎は渋面をつくった。

「ありのままを報告いたさば、お咎《とが》めは必定。お家は改易ともなりかねませぬ。ここは家来の不始末ということで事をおさめ、あらためて当主発病の儀、届け出るしかございませぬ」

「そのことは父上より聞きました。なれど身代わりを立てるというても……」

弥津が首をかしげると、末席にいた辻が進み出た。

「それがしが身代わり相務めまする」

ゆるぎのない眸《め》で弥津を見る。

「殊勝な心がけですが、身代わりとなれば、辻団右衛門はこの世から無《の》うなりますよ。それでもよいのですか」

「お家のためとあらばいたしかたございませぬ。幸いそれがしは独り身にて、親兄弟もおりませぬ。他家へ嫁いだ妹が一人おるだけで」

「辻には武蔵の当家領地にて身をひそめる手筈《てはず》をいたします」

尾崎が言い添えた。

それしか方法がないとあれば、とやかく言ってはいられなかった。

「辻どの。この通り、礼を申します」

弥津は辻に向かって頭を下げた。

「身が立つよう、必ず計らってやってください」

尾崎に言うと、尾崎の顔に苛立《いらだ》たしげな色が浮かんだ。

「ところが、そう簡単にはゆきませぬ」

「なんぞ困ったことがあるのですか」

「本光院さまがご承知になられませぬ」

夫の亡骸の上にかがみこんで唇を吸っていた女の姿が浮かび上がった。蛇のようにからみつく手指、鱗のごとくぬめる唇。

弥津はすっと目を細めた。尾崎を見据えた眼光は鋭い。

「お姑上さまは隠居の身じゃ。ご意向をうかがう必要はありませぬ」

男たちの間に動揺が走った。

弥津は動じなかった。

「殿が亡くなられたゆえ、今日よりはわたくしがこの家の主です。安十郎が無事、家督を継ぐまでは、わたくしの命に従うてもらいます」

四人は一様に目を見はった。弥津の言わんとすることがわかると、申し合わせたように安堵の吐息をつく。

「さすれば、辻を身代わりに立ててもよろしゅうございますのか」

「遺漏《いろう》なきよう」

「本光院さまをお呼びいたしましょうか」

奥村がはじめて口を開いた。

「その必要はありませぬ。家名だけではない、殿の名誉を守るためじゃ。さあ、こうしている暇はありませぬよ。一刻も早う仕度に取りかからねば」

男たちは腰を上げた。一礼して出てゆく。

尾崎が一人、あとに残った。

しばらく、二人はなにも言わずに向き合っていた。と、尾崎はおもむろに右手の親指と人差し指で左右の目頭を押さえた。

「殿は、素直な、おやさしい若君にござりました」

肩がふるえている。

「心細そうなお顔でそこにお座りあそばされたお姿、今もまぶたに焼きついております」

「安永二年（一七七三）の正月にご養子になられたのでしたね」

「正式に家督を許されたのは三月五日にござります。あの春は大騒ぎにござりました。と申しますのは、家督相続の許可願いを出したすぐあと、たしか二月の半ばだったと記憶しておりますが、ご実家の兄君が急死なされたのでござります。まことに皮肉な成り行きにて……。心痛のあまり殿のお父上、徳山家のご当主まで病に罹《かか》り、とうとう翌々年ご逝去なさいました」

弥津はあらためて夫の不運を思った。

姑が夫を見初めるのがあとひと月遅ければ、夫は藤枝家の養子にはならなかった。悲惨な最期を遂げることもなかったのである。

尾崎は洟《はな》をすすった。

「世人はあれこれ申しましょうが、殿はお心ばえのすぐれたお方にござりました。愚妻が病んだと聞けば決まって薬をくださりまして、愚息にもいつもお気遣いを……。武士たる者、情におぼれてはならぬと申すなら、むろん誹《そし》られもいたしましょう。されど、五人十人女子を侍《はべ》らせ、出世の道具とうそぶく男どもに、殿を笑い物にされとうはござりませぬ」

そう。夫は情が深かった。だからこそ不幸を招いたのだ。

「安十郎も寅之助も、わたくしは殿のようなやさしいお子に育てようと思います」

心をこめて言うと、尾崎は両手をついた。

弥津は尾崎を残して書院を出た。

なぜもっと早く、自分の目で見、耳で聞こうとしなかったのか。夫を家を家臣を、我が手で守ろうとしなかったのか。

今さら悔やんでも遅い。

歩きはじめた弥津の耳に、押し殺した嗚咽《おえつ》が聞こえた。

五

富江が興奮した面もちで入って来て、「手筈がととのいました」と耳打ちをしたのは、暮れ六つ（午後六時）を過ぎてからだった。

明朝になれば父がやって来る。父はしばらく藤枝家へ詰める意気込みだった。となれば外出は不可能になる。

それに、明日は郎党の辻団右衛門の不始末が公になるはずだった。目付の吟味もあろう。葬式だ埋葬だと人の出入りも多くなるはずだ。遠出をするなら今宵《こよい》しかない。

「女の亡骸はどこに置かれているのですか」

「奥さまは浅草のさる寺においでになられればよいそうにございます」

千束村の農家にそのまま置かれていたものか、大菱屋に下げ渡されたのか、それとも咎《とが》人《にん》として番所へ運ばれたのか。殺された遊女の亡骸がどういう扱いを受けるのか、弥津には想像もつかなかった。

「わたくしの素性はどういう……」

「相方の郎党のご妻女ということに」

弥津はうなずいた。

夫が斬り殺した女をひと目見たいと思うのは異常だろうか。富江も又四郎も町方の某《それがし》も真意をはかりかねているはずである。

だが、単なる好奇心ではなかった。狂気につかれているわけでもない。もしこれが狂気というなら、四千石の家を棄《す》てて遊女と心中した夫や、夫の亡骸にすがって口を吸っていた姑の心の内にあるものこそが狂気である。

体の中でざわざわと不穏な音がした。脇の下はじっとりと汗がにじんでいる。

「昨夜の今頃は、まさかこのようなことになるとは思いもいたしませんでした」

着替え用の古着を広げ、富江は大仰にため息をついた。

富江の言うとおりだ。昨夜の今頃は子供たちと過ごしていた。安十郎と寅之助の喧嘩をやめさせ、幼い末娘を寝かしつけた。あのとき、明晩おまえは遊女の亡骸を見るために夜道を出かけてゆくのだとだれかに予言されたら、なにをばかげたことを、と腹を立て、相手にもしなかったはずである。

「一日の長さはその日によってちがうのですね。これほど長い一日があるとは思いませんでした」

弥津も嘆息まじりにつぶやいた。

二人は身支度をはじめた。弥津はひわ茶の地に小紋の裾模様の入った木綿《もめん》小袖《こそで》を着て、黒繻子《くろじゅす》の帯をしめる。富江は浅黄《あさぎ》の縞《しま》木綿に同じく黒繻子の帯。又四郎が馴染みの古着屋に用意させたものである。髪は片はずしというわけにもゆかず、地味な丸髷《まるまげ》に結った。

「万が一、お姑上さまに呼ばれたら、床についていると言うておくれ」

おこんに申しつけた。

この時刻は門番が交替したばかりである。夜間に外出をすることはまずないので、夜の門番には顔を知られていない。主の遣いとごまかして通用口をくぐる。

裏門を出たところは細い路地だ。少し歩けば立爪坂《たてづめざか》へ出る。坂の中程で辻駕籠《つじかご》が二丁待っていた。

「あとのことはそれがしにおまかせください。お二人は他の者とはお話しになられませぬよう」

駕籠かきと立ち話をしていた又四郎が、二人を迎えて言った。

当主の不祥事を郎党に押しつけてまで家名存続を計ろうとしているのだ。素性が知れて、当主の奥方が遊女の亡骸を見に来たなどと噂が広まれば、すべてがぶちこわしになってしまう。

二人は神妙な顔でうなずいた。

又四郎の他に、提灯を手にした小者がいた。はじめて見る男なので、家中の者か町方の者か判断はつかない。

主従はそれぞれの駕籠に乗り込んだ。

又四郎の合図で一行は出立《しゅったつ》した。

辻駕籠は四つ手駕籠ともよばれ、両側に簾《すだれ》をたらしただけの簡素なものである。これまで外出といえば上等な乗物ばかりだったので勝手がわからず、いくらも行かないうちに節々が痛くなった。緊張のあまり体がこわばって、妙なところに力が入っていたせいかもしれない。

簾は下ろしたままで外は見えない。もっとも見えたところで、市中の様子にうとい弥津にはどこを通っているかわかりようもなかった。

駕籠にゆられながら、夫を思った。

近頃はお上の目がうるさい。夫もこうして身をやつし、辻駕籠に乗って女子のもとへ通っていたのか。道行く景色を眺めては、堅苦しい家から逃れた解放感にひたったのか。それとも狭苦しい駕籠の中にじっとうずくまり、己の弱さを呪っていたのかもしれない。

道々一瞬でも妻の顔を思い浮かべたことがあったのだろうかと弥津は考えた。自分でなければ子供たちの……。

夫は、ほんとうはなにを見ていたのか。

湯島から浅草ならさほどの道のりではない。が、駕籠は一向に止まる気配がなかった。

威勢のよい掛け声こそひかえているものの、駕籠かきの口から規則正しい息づかいとともに「えっほ」「えいほ」と小さな声が聞こえている。ひたひたと土を踏む草鞋《わらじ》の音は又四郎と小者のものである。

遊女の投げ込み寺があるという話を、弥津はふっと思い出した。たしか浄閑寺《じょうかんじ》といった。どのあたりにあるのか。引き取り手のない遊女の骸は、寺の無縁墓に葬られるという。

心中の罪は重い。遊女の骸は裸にむかれて人目にさらされた上に、手足を縛られ、荒薦《あらこも》で簀《す》巻《ま》きにされて葬られるとも。

そんな恐ろしい話を、いったいいつ、だれから聞いたのだろう。

弥津は唇を噛みしめた。

駕籠は畦道《あぜみち》をぬけているようだった。揺れがはげしくなる。

虫の声が聞こえていたと思ったら、いつしか蛙《かわず》の声にかき消された。おびただしい数の蛙が鳴きたてている。

幼い日、父の手のひらの青蛙に触れたときのことを思い出した。丸い目を見はり、白いのどをひくつかせている蛙は愛らしい。思わず手を伸ばしたのだが、ぬめっとした感触に驚き、あわててひっこめた。それから幾日も、洗っても洗っても、不快なぬめりは消えなかった。

そういえば明晩は十五夜だった。これからは毎年、名月を眺めるたびに、蛙の鳴く道で駕籠にゆられていた夜を思い出すことになるのだろうか。

駕籠が止まった。

慎重に地面に下ろされる。又四郎が簾をまくり上げた。手を取られて地面に降り立つ。

地に足がついても、体はまだゆれていた。体ばかりか、心も激しく動揺していた。あんなにむきになってここまでやって来たのに、いざとなると足がすくんでいる。

富江は「さる寺」と言ったが、実際は小さなお堂だった。百姓が通りすがりに両手を合わせる以外は詣《もう》でる者もないような、廃《すた》れかけた路傍のお堂である。

あたりに人はいなかった。どこか物陰で見はっているのかもしれないが、暗がりなのでわからない。

「長居はできませぬ。手早くお済ませくださりませ」

小者から提灯を受け取って、又四郎が弥津をうながした。

弥津は富江に目を向けた。顔にありありと怯えの色が浮かんでいる。

「おまえはここで待っておいで」

首を横に振って異議を申し立てる素振りを見せたものの、重ねて言うと、富江は安堵したようにうなずいた。

又四郎に先導されてお堂の前まで行く。

苔《こけ》むした賽銭箱《さいせんばこ》の後ろに、上半分が格子になった戸があった。壊れているのか、わざと開けたままになっているのか、半開きの戸の向こうに黒々とした闇がつづいている。

又四郎の手から提灯を受け取り、目の前にかざしてみると、奥まった場所に薦をかぶせた骸らしきものが見えた。

「ひとりでよい。そなたは戻りなさい」

足がふるえていた。心の臓は今しも飛び出しそうだったが、弥津はきっぱりと言った。

又四郎は不安そうな顔である。

「案ずることはありません。ひと目見るだけじゃ」

弥津は埃《ほこり》と黴《かび》の臭いのする澱《よど》んだ空気を吸い込んだ。実際に吸い込んでみると、澱んでいるというより、むしろ拍子ぬけするほど無味乾燥だった。鼻孔《びこう》に冷気だけが残る。

提灯をかかげて骸に歩み寄り、傍らに立って見下ろした。

人の体とはこれだけのものか。高めにしつらえた褥に置かれ、白羽二重の衾におおわれていた夫の亡骸に比べ、荒薦の下の骸はいかにも小さく見えた。

提灯を土床に置き、裾をたくし上げてその場にしゃがみこむ。

薦の端をつかみ、思い切ってまくり上げた。

女の顔を目にしたとたん、ひきつれたような声がもれた。地べたに膝をつき、両手を口元に当てた。

綾衣は姑に生き写しだった。

十七か十八か、どう見てもせいぜい二十歳だろう。苦界に身を沈めていたせいか目のまわりが黒ずみ、化粧焼けした肌はくすんでいる。姑の艶やかさとは比ぶべくもなかった。

それでも、二人はそっくりだった。

姑が生身の女なら、綾衣は吹きかけた息で曇った鏡の中に映った女だ。

目眩《めまい》がした。

口が乾いてからからになる。

突然、激烈な怒りが噴き上げた。頭の後ろに手をまわして簪《かんざし》を抜き取る。勢いよく頭上に振り上げた。

見慣れたこの顔をめった突きにしてしまいたかった。夫を盗んだ顔、平穏な暮らしを奪った顔、彫り込んだような目もすっきりした鼻もなめらかな頬もふくよかな唇も……自分にないものばかりそなえたこの顔を永遠に消し去ってしまいたい。

渾身の力を込めて簪を振り下ろした。綾衣の顔ではなく肩先の薦の上に。

突き立った簪をなおも握りしめたまま、呆然と我が手を見つめる。

涙が頬を伝い、薦をぬらした。

わるいのはそなたではない——。

この骸は夫が手にかけた女だ。貧しさゆえに売られ、美しすぎたがゆえに執着され、二十歳にもならぬ若さで死んでいった。だれ一人嘆いてくれる者はいない。骸になってさえ辱めを受け、荒薦で簀巻きにされて投げ込み寺の無縁墓に葬られる。

そう、おまえのせいでは……。

嘘のように憎しみが消えていた。

弥津は両手を合わせた。後生を祈ったのちに簪を引き抜き、女の髪に挿してやる。どのみち心ない者が盗んでゆくにちがいない。それでもせめてひと晩、荒薦の下の骸にささやかな華やぎを添えて、彼岸への餞《はなむけ》にしてやりたかった。

薦をかけ、裾を払って立ち上がる。

提灯を手にしてお堂の外へ出た。

丸い月が出ていた。これまで雲に隠れていたのか。それともただ心がそこになかったために見えなかったのか。

富江と又四郎が心配そうに眺めている。二人のほうへ歩き出すと、富江が小走りに駆けて来た。

「奥さま……」

富江は主の顔の涙の跡に気づいて立ちすくんだ。

「気が済みました」弥津は静かに言った。「観音さまのような死に顔でしたよ」

富江は大きく息をつく。弥津の手から提灯を受け取ると、振り向いて又四郎に合図をした。

駕籠に乗り込む。

蛙が姦《かしま》しく鳴き立てる道を、一行は湯島へ帰って行った。

六

夢の中で、盲目の若者が曲舞《くせまい》を舞っている。

粗末な身なりは乞丐《こつがい》だが、若き日の夫のようにも見える。

舞いながら、若者は光を失った目で懸命になにかを探していた。

背後は由緒正しき寺。いや、古びたお堂か。入口に妙齢の女がたたずんでいる。切れ長の漆黒の眸《ひとみ》、ぬれたような紅《あか》い唇。

女は若者を手招く。

見えないはずの目が、女の姿を捕らえた。

若者は女のもとへ駆け寄る。二人はひしと抱き合った。貪《むさぼ》るように唇を合わせる。ひとつになったそのとき、女の白い指が髪から簪を抜き取り、若者の首に突き立てた。

蛙の声、丸い月、鮮血、ひらひらと舞い落ちる白布……。

目を覚ましたとき、光の中に浮かんでいるような気分だった。

天井も壁も障子も仄白《ほのじろ》い。

曙光《しょこう》にはまだ早いから、見えるはずのない月光か。

弥津は体を起こして、親指でこめかみを押さえた。

昨夜遅く屋敷へ帰りついた。姑の御殿で、居間の明かりだけが灯っているのが見えた。本来なら、夫の亡骸の寝ずの番をするのは妻の役目だ。わかってはいたが、そのまま自室へ戻り、床についた。

夜が明ければ、夫は辻団右衛門になる。白羽二重の衾を引き剝がされ、郎党の装束に着替えをさせられて、長屋の一室へ運び込まれる。おそらくその日のうちに、あわただしく埋葬されるにちがいない。今宵は藤枝外記教行との名残のひと夜、それならば自分より姑のほうがふさわしいような気がしたのである。

弱法師――。

夫がなぜ自分のことをそう言ったか、今ならわかる。

観世能の弱法師は、いくつかの俗説をもとにしてつくられたと聞く。継母の邪恋を退けたために追放された太子の話、継母の呪いで寺に棄てられた業病の子の話。羅漢説法を聞く人々の涙で目が見えるようになったとか、許嫁《いいなずけ》の乙姫と清水観音の利生《りしょう》で業病が快癒したとか、名前も俊徳丸だの信徳丸だの……。いずれにせよ、親に棄てられた盲目の少年が、苦難を経て、最後に親の腕に抱かれるのが弱法師だ。

夫も長い歳月、苦悶の日々を過ごした。叶わぬ恋のために。

藤枝家の養子となった多感な若者に、美貌の養母はどんなに眩しく見えたことか。養母とはいえ母と子、しかも本光院は俗世を棄てた身だ。叶わぬ恋は、それゆえに激しく燃え上がる。

遊興にふけって養母を困らせる夫。鞭《むち》打つごとく、つれない仕打ちをくり返す姑。いがみ合うふりをして、二人は切ない思いを断ち切ろうとあがいていたのではなかったか。

胸の中はしんとしていた。もはや怒りも悲しみも嫉妬もなく、寂《せき》とした虚しさがあるばかりだ。

弥津は手早く身支度をした。

廊下へすべり出る。

未明の闇が、霧のように、辺り一面にただよっていた。

寝静まった御殿をぬけて、姑の御殿へ入る。夫の亡骸を安置した居間の前で膝を落とし、そうっと障子を引き開けた。

姑は亡骸の傍らに端然と座していた。

部屋隅に燭台《しょくだい》が置かれ、ちろちろと揺れる火影に香華がゆらいでいる。

人の気配に、姑は顔を向けた。

目のまわりが黒ずみ、生気の失せた顔は、昨夜見た骸のようだ。

二人の女は目を合わせた。しばらく見つめ合ったのち、姑は視線をはずした。

弥津は辞儀をした。姑は腰を上げた。打掛の裾をひるがえして廊下へ出る。亡骸には一《いち》瞥《べつ》もくれなかった。

姑の足音が遠ざかるのを待って、弥津は居間へ入った。

体の向きを変え、両手を左右の障子の桟に添える。

夜明けまでひととき——。

弥津は障子をぴたりと閉ざした。

小《しょう》の虫《むし》

一

玄関を出るなり、寿一郎《じゅいちろう》はくしゃみをした。

八月も三日過ぎたというのに残暑がきびしい。陽射しもまばゆい。

たれかけた洟《はな》をすすりあげたとき、初老の男が早足で近づいてくるのが見えた。

神尾は小島《おじま》藩江戸屋敷詰の御年寄である。禄高《ろくだか》は百二十石。一万石の貧乏藩では国元の筆頭家老でさえ二百石止まりだから、見た目は貧相でも重鎮である。

辞儀をすると、神尾は視線を泳がせた。

江戸屋敷内の長屋で生まれた寿一郎を、見飽きるほど見ている。そのくせ、なにかの拍子に二人きりになれば、決まって居心地のわるそうな顔をする。

「今日明日にもご出立《しゅったつ》とうかがいましたが」

若輩者はそつなく訊《たず》ねた。

「明後日にはお発ちになられるそうじゃ。殿がご到着いたさば我らも忙しゅうなる。お手前も心づもりをしておかれよ」

孫と言ってもよいほどの寿一郎に、神尾は慇懃《いんぎん》な受け答えをした。

小島藩では毎年八月を目処《めど》に参勤交代が行われる。今秋は、一年を国元で過ごした藩主の江戸参府の時季にあたっていた。

小島は駿河国にある。江尻宿の手前で東海道を北に折れ、甲斐と駿河とを結ぶ甲州往還へ入ると興津《おきつ》川の河岸に集落が点々と連なる。小島の陣屋は最南の集落にあるというが、寿一郎はまだ行ったことがなかった。

城ではなく陣屋を本拠にしていることからもわかるように、小島藩は諸藩の中でも一、二を争う零細藩である。九千九百九十九石までは大身《たいしん》の旗本。たった一石のちがいで大名に名を連ねたばかりに参勤交代があり、体裁や格式を重んじるための出費がかさみ、軍役や職制にもことこまかな決まりがあった。借金にあえぐ家中では、決められた半数の家臣を養うのがやっとだ。参勤交代の時季になると、農民の中から足軽をかき集めて行列をととのえる。

江戸詰の身にも困窮はこたえた。禄高分を遅延なく、そっくり手にしたことなど一度もない。

「お祖母《ばあ》さまの容態はどうじゃ」

　玄関へ入りかけて、神尾はとってつけたように訊ねた。

「相変わらず一進一退にござりまする」

「くれぐれもお大事に、と伝えてくれ」

「かたじけのうござりまする」

　神尾は伴を従え、屋敷内へ消えた。

　寿一郎は幼さの残る眉をひそめ、しばらく立ったままでいた。

　なんということもないやりとりである。藩主の出府について訊ね、病床にある祖母に見舞いの言葉をかけてもらった。ただそれだけなのに、すっきりしないのはなぜだろう。

　ひとり神尾に限ったわけではなかった。江戸詰家臣の多くが自分を敬遠し、でなければ忌避し、扱いかねているように見える。そのことに気づいたのは一年ほど前だ。

　寿一郎の祖父の倉橋勝政は傑出した人物で、小坊主から留守居役へめざましい出世を遂げた。父の勝暉《かってる》、通称寿平《じゅへい》も重用され、百二十石の御年寄までのぼりつめた。その二人が相次いで急死したのは、寿一郎が九歳のときである。

　父は七月七日の七夕に死んだ。四十六歳だった。寿一郎はあわただしく元服を済ませ、八月十五日、中秋の名月に家督を継いだ。すると今度は九月九日、重陽《ちょうよう》の節句に祖父がみまかった。

偶然にしては出来すぎではないか——。

双方とも死に際に立ち会っていないだけに、割り切れない思いがつきまとっている。それをはっきり意識したのもこの一、二年である。

家督は継いだものの、当主が年少だという理由で家禄は半減された。近習《きんじゅ》役を賜《たまわ》ったがそれも名ばかり。出仕しても仕事は与えられず、五年近くを無為に過ごした。ようやく昨夏、国元へ帰参の途につく直前の藩主・松平信義《のぶのり》に召し出され、以後は御役に見合う扱いを受けるようになったのだが……。貧乏な藩が、年少とはいえ禄高六十石の家臣を何年も遊ばせていた事実も腑《ふ》に落ちない。

数えあげれば、納得のゆかぬことだらけだった。たった今、薄暗い玄関から真昼の戸外へ足を踏み出したように、大人への入口に立った寿一郎は、突如見えてきたものの正体がつかめずにいる。

「おい。寿一郎」

背後で呼び声が聞こえた。

外木《とぎ》長《ちょう》右《え》衛門《もん》が上背のある体を心持ちそらせ、腕組みをして寿一郎を見下ろしていた。

長右衛門は寿一郎より三つ年長の十八歳で、同じ近習役を務めている。父親は留守居役だ。寿一郎の父が生きていた頃は、絵心のある者同士、親しく行き来をしていた。長右衛門と寿一郎も幼なじみである。横柄で押しつけがましいところはあるものの、唯一こだわりなく自分に接してくれる貴重な友でもあった。

「どうした、辛気《しんき》くさい顔をして。神尾さまになんぞ言われたか」

「いえ、なにも」

「佐代どののことだろう」

長右衛門はからかうような笑いを浮かべた。

佐代は神尾の孫娘で、同い年の十五歳である。正式に決まっているわけではないが、家格や年齢のつり合いから、ゆくゆくは寿一郎の妻女になるものと目されていた。

「神尾さまは殿に逢うたら、佐代どのと近藤家の嫡男《ちゃくなん》との縁組を願い出るおつもりらしい」

近藤家は御刀番目付で禄高八十石、嫡男は二十六になる。

寿一郎は佐代の顔を思い浮かべた。神尾とは似ても似つかず明るい眸《め》をした娘だ。これまでさほど気にかけたことはなかったが、近藤の息子に横取りされると思うと不愉快だった。長右衛門の言うことが本当なら、神尾は倉橋家との縁組を避けるために、さっさとよそへ孫娘を片づけてしまおうとしているのではないか。

「佐代どのはおぬしに惚《ほ》れておると聞いたが」

「さようなことはありませぬ」

むきになって応える。

「嫁御にするつもりだったのだろう」

「神尾家の娘がどこへ嫁《とつ》ごうが、手前の知ったことではありませぬ」

長右衛門は眉をうごめかせた。

「だったらうっとうしい顔をするな。それでのうても暑うてかなわぬ」

襟元《えりもと》をくつろげ、手の甲で首筋の汗をぬぐった。

寿一郎の単衣《ひとえ》は色あせている。長右衛門の単衣も今にもすり切れそうな木綿物《もめんもの》だ。上級家臣でさえこの有り様なのだ。下級藩士のみすぼらしさは言うまでもない。

「柳町へ行く。おぬしも来い」

長右衛門は高飛車に命じた。

「道場にござりますか」

「挨拶しておかぬと礼金だ指南料だと厄介なんじゃ」

藩主が不在の間はともかく、在府中は気随《きずい》には動けない。となればあらかじめ断りを入れておくほうがいい。ろくに通えもしない稽古事に銭を費やす余裕はないのだと、長右衛門は鼻を鳴らした。

寿一郎は道場通いをしたことがなかった。それどころか、祖母は孫息子が江戸屋敷の外へ出るのさえ、いい顔をしない。倉橋家の当主にもしものことがあっては一大事だというのが、祖母の言い分である。

――そなたは蒲柳《ほりゅう》の質《しつ》ゆえ……。

さればこそ、体を鍛えねばならぬのです。

――倉橋家は文に優れた家柄、剣術など無用じゃ。

いえ、武術は武士のたしなみにござります。

――町をうろつくは大人になってからにしなされ。

元服を済ませましたゆえ、もはや大人にござりましょう。

何度言い返そうと思ったか。言い返せないのは気弱だからだが、それだけではなかった。家名存続に執念を燃やし、今や孫息子にすべてを賭けている祖母の気迫に打たれ、喉元まで出かかった言葉をつい呑《の》み込んでしまう。

寿一郎が外へ出たくてうずうずしていることも、祖母に逆らいたくて逆らえないことも、長右衛門は知っていた。だからわざと高飛車に命じて、連れ出してやろうというのだ。

家中でも評判の女丈夫である祖母が寝ついたのは、春先の風邪がきっかけだった。以来、日に日に衰えている。容態は気がかりだが、せっかくの機会だ。藩主が不在という気安さもあって、寿一郎は長右衛門の誘いにのることにした。

肩を並べ、門へ向かう。

二人の姿を認めると、門番は人なつこい笑みを浮かべた。門番といっても初老の中間《ちゅうげん》者《もの》である。

「おぬし、いつまでだ」

長右衛門は気さくに声をかけた。

「へい。明後日までにございます」

藩主在府中は門番の顔ぶれも代わる。屈強な中間が常時二人ずつ、詰める手筈《てはず》になっている。

行っておいでなされませと見送られて、通用門をくぐった。

正面は水戸家上屋敷の長屋である。水戸家の屋敷は松平家の江戸屋敷が五十はすっぽり入ろうかという広さだ。松平家から見れば水戸家は真向かいだが、水戸家から見れば目の隅をかすめている小屋敷にすぎない。

水戸屋敷の東隣には水道橋へつづく大通りが走っていた。通りの向こうは小石川春日《かすが》町《ちょう》の町屋である。

小石川界隈《かいわい》は武家屋敷が連なっているので道場の数も多い。春日町にも神道無念流や一刀流の道場があった。長右衛門がわざわざ柳町の道場へ通うのは、水戸家の郎党に鼻であしらわれてみじめな思いをしたくないからだと公言しているが、ほんとうのところは指南料が安いせいらしい。

水戸家の塀にそって、大通りとは反対の方角へ歩く。柳町は小島藩の江戸屋敷から見て北西、伝通院の裏門に隣接した町で、ゆっくり歩いても四半刻（三十分）はかからない。

「おぬし、よう暑うないの」

汗かきの長右衛門は、寿一郎を横目で見ながら懐紙で汗を拭いた。

「肝に力を入れれば暑うも寒うもないと、祖父に教えられました」

「えらそうに言うな、若造が」言い返したところで眉をひそめる。「勝政どのは剛毅《ごうき》なお方だったが、その勝政どのを右往左往させたお父上も骨がある」

父の寿平は武術がからきしだめで、文一辺倒だった。声を荒らげたことは一度もなく、主君にも両親にもよく仕え、息子の目から見るとむしろ頼りないほど小心者だった。自分のひ弱さも父譲りだろうと、内心うらめしくさえ思っているほどだ。

父のことをなおも訊ねようとすると、長右衛門は目をそらせた。あわただしく紙のしわをのばし、鼻をかんでふところへしまう。

「国元の山野は三椏《みつまた》だらけだそうな」

唐突に話題を変えた。

国元ではひところ頻繁に一揆《いっき》が起こった。財政窮乏を補うために「生籾《なまもみ》五分ずり」——嵩《かさ》の少ない生籾で、しかも一升に五合の玄米が取れる前提で年貢を決める——という重税を課したためだ。攻防のすえに撤回され、一揆はおさまったが、藩の財政はますます逼迫《ひっぱく》した。そこで奨励したのが紙の生産である。紙は春漉《はるすき》、秋漉、冬漉と言われ、農閑期の余技になる。米の代わりに紙で年貢を納めてもよいと定めたために、農民は我も我もと三椏の栽培をはじめた。いまだ藩を潤すまでにはゆかないが、駿河半紙の生産量は年々上向きになっている。

「活路を見いだせましょうか」

駿河半紙の成否は、藩士にとっても死活問題だった。

「見いださねば我が藩は立ちゆかぬ。老いた親や妻子を棄《す》てて逃散《ちょうさん》する百姓があとを絶たぬのでは、いくら我らが倹約したとて焼け石に水だ」

政《まつりごと》の話になると、長右衛門の口吻《こうふん》はいきおい熱がこもった。零細藩にもかかわらず、いや、だからこそ松平家中の家臣郎党は上も下もこぞって意気軒昂だった。忠誠心が篤《あつ》い。身内の結束も固い。

寿一郎も愚直なまでに忠義を重んじる人間に育てられた。

我が倉橋の家にとりては、当松平家の高恩なり。今子孫に遺《のこ》すところの品々、知行よりして、家財・雑具・草履《ぞうり》・はなかみ・塵《ちり》あくたにいたるまで、皆これ松平家の高恩より出たり。それのみならず、先此一身主君のものとすべし。

父が認《したた》めた「遺誡《いかい》」の一節である。家督を継ぐ際に遺贈され、以後、事あるたびに唱えさせられたので、今や何項目にも亘《わた》る全文を諳《そら》んじていた。

主家の窮状を憂い、未熟なりに改善策をあれこれ考えるのは、寿一郎も同様である。

拙《つたな》い意見をぶつけ合っているうちに伝通院の裏門へ出た。この先は柳町で、長右衛門の通う道場はひと角も行かないところにある。

「手前は病平癒《へいゆ》の祈願でもしています」

道場までついていってもしかたがないので、伝通院の境内で待つことにした。

伝通院には東照宮家康公の母君の墓がある。だからというわけでもないが、祖母の病には功徳がありそうに思えた。

門前で長右衛門を見送る。

境内へ入ろうとしたときだ。出て来た男とぶつかりそうになった。町人者である。

男は寿一郎を見て棒立ちになった。幽霊でも見たかのごとき驚きようが、寿一郎の目を引いた。

町人に知り合いはいなかった。めったに屋敷から出ないのだから、家中以外で親しくつき合っている人間といえば、父の実家の家人くらいのものである。

寿平の実父は、紀伊家の家臣・安藤帯刀《たてわき》に仕える桑島九蔵勝義で、倉橋勝政は勝義の実兄にあたる。つまり寿一郎の父は、伯父の養子になったわけだ。

相手が侍なので、男は話しかけてよいものか、迷っているようだった。歳の頃は五十がらみ。そこそこの店の主《あるじ》だろう、縞《しま》ちりめんの着物に、ひと目で上物とわかる堆朱《ついしゅ》染の羽織を着ている。体つきは中肉中背、細い目に太い鼻、幅広の唇。人はよさそうだが、愛想のよさは同時に抜け目なさにも見えた。

わずかな間があったのち、男は意を決したように近づいて来た。

「お人違いでしたら、ご勘弁なすっておくんなさい。もしや、お侍さまは恋川《こいかわ》先生のお坊ちゃまじゃあございませんか」

期待をこめて目を瞬《しばたた》く。

「恋川……。いや」

「ご無礼をいたしました。他人の空似と申しますが、それにしてもよう似ておられますのでつい……」

男は小腰をかがめて辞儀をした。

歩きはじめると、まだあきらめきれぬのか、小走りに追いかけてきた。

「もし、あとひとつだけご勘弁を。それでしたら松平丹後守さまご家中の、倉橋寿平さまのご子息さまではございませんか」

寿一郎は足を止めた。

「いかにも。倉橋寿平は手前の父だが」

とたんに、男は笑みくずれた。

「やはりさようにございましたか。ひと目見たときからそうにちがいないと思いました。先生に面差《おもざ》しがそっくりにございますよ。それにいたしましても大きゅうおなりにございますねえ」

寿一郎はなんのことやらわからず、よく動く唇を見つめる。

「拙者を存じておるのか」

「おるもなにも。先生ご自慢の坊ちゃまでございますから」

「しかし、おれはおまえを知らぬぞ」

「それはまだお小《ちい》そうございましたし……。おっと失礼。手前の名を申し上げるのを忘れておりました。鱗形屋《うろこがたや》孫兵衛と申します。柳町で小間物を商っておりまして」

寿一郎は首をかしげた。父と小間物屋が懇意にしていたという話は聞いたことがない。

若者のけげんな顔を見て、孫兵衛は心得たようにうなずいた。

「いえ、あの頃は本をつくっておりました。恋川先生の黄表紙はどれもたいそうな評判で」

「待て。その先生というのは……」

「はい。お父上の寿平さまにございますよ。『金々先生栄花夢《きんきんせんせいえいがのゆめ》』だの『高慢斎行脚日記《こうまんさいあんぎゃにっき》』だの、手前どももずいぶん儲《もう》けさせていただきました。ですが、このご改革ではいかんせんお手上げ。喜三二《きさんじ》先生は筆を折り、恋川先生まであんなことに……。そればかりか蔦屋《つたや》さんもいけません、京伝先生もいけません、手前もいよいよ見切りをつけて大伝馬町を引き払い、柳町へ引っ込んで小間物屋をはじめましたような次第で」

孫兵衛が早口でまくしたてる話は半分も理解できなかった。それでも父が黄表紙を書いた、それも一冊や二冊ではないらしい、と言っていることだけはわかった。

黄表紙とは大人のための絵双紙である。大衆向きに面白おかしく、風刺をこめて書かれたもので、いっぱしの武士が手を染める代物《しろもの》ではない。

まさか、と眉をひそめた。

が、寸刻置かず、待てよと思った。

父は能書家であり、文才を買われて松平家に祐筆《ゆうひつ》として召し抱えられたと聞いている。

松平家には、武より文を重んじる家風があった。貧乏藩にはうってつけの安上がりな娯楽だからか、とりわけ俳諧がさかんで、先代藩主・昌信《しげのぶ》は弄月館文東《ろうげつかんぶんとう》、当代・信義は文車《ぶんしゃ》とそれぞれに号を持ち、頻繁に句会や歌会をひらいていた。

さらに言えば、家中には片山邦教という藩医もいた。片山は芭蕉の四大家流のひとり、百草園寸長《ひゃくそうえんすんちょう》その人である。寿一郎の祖父も父も寸長の門人で、祖父の号は西湖堂芦中《さいこどうろちゅう》、父は亀長《きちょう》と号していた。

文学を重んずる家中に身を置き、江戸詰のために藩主不在の年は暇を持て余していた父が、余技に黄表紙を書き散らしたというなら、まんざら考えられぬこともない。

「父が黄表紙を書いていたと申したか」

「さようにございます。恋川春町《はるまち》先生と申せば、ひと頃は知らぬ者のない人気作家にございました」

「恋川春町……」

「はい。その恋川先生がお父上でございました。小石川春日町にお住まいで、絵のお師匠さまが勝川春章さまであられたことから恋川春町と」

　寿一郎は目を丸くした。

「そうそう、酒上《さけのうえの》不埒《ふらち》と称され、狂歌もずいぶんお作りにございましたよ」

　父が酒を飲んではめをはずす……。酒を飲むところさえ記憶にないのに。

　寿平は天明五年（一七八五）、寿一郎が五歳のとき、御年寄格加判之惣という御役を賜り、はじめて国元で一年を過ごした。翌年も何度か国元へ赴き、二年後に御年寄本役に就くと多忙になって、家を空ける日が多くなった。物心ついてからの寿一郎に、父と過ごした思い出は数えるほどしかない。

　九つのあの年は、年初からほとんど顔を合わせなかった。春に突然、母が家を出た。生母は幼いころ病死していたので、この母は寿平の後妻、寿一郎には継母である。そうしたごたごたがあったせいか、寿一郎は八月に家督を継ぐまでの数ヵ月、父の実家の桑島家に預けられていた。

　いかに在りし日の父を思い起こそうとしても、寿一郎は生真面目な顔で書見をしている姿しか思い出せない。あの堅苦しい遺誡を書き遺した父が、酒上不埒などというおどけた号で狂歌を作っていたなど考えられぬことだった。

「父の黄表紙だが、手元にあるのか」

「はい。手前どものところで出させていただいたものでしたら、ございます。手元にないものは……そうそう、おたみさま、お母上のおたみさまがお持ちにございますよ」

またもや驚かされて、寿一郎は絶句した。

いつだったか、十二手箱を見たことがある。公家の姫が嫁ぐ際に持参する嫁入り道具のひとつだというが、蓋を開けると中にひとまわり小さな箱が入っていた。それを開けるとまたひとまわり小さな箱、また開けるとまたひとつ……というように、次々に新たな箱があらわれる。その十二手箱を開けているような気がした。

「母上、と申したか」

継母はたみではなく鈴江という。寿平の兄の九八郎が養子に入った先の刑部《ぎょうぶ》家の縁に連なる女で、三年前に生家と同じ伊賀衆の家に再嫁したと聞いていた。

孫兵衛は言いよどむふうもなく、

「はいはい。お坊っちゃまのご生母のおたみさまにございます」と笑みを浮かべた。「おたみさまは行願寺の門前町で端布《はぎれ》屋の店を出しておられます。先生は生前よりおたみさまのことを手前に頼んでおられました。で、手前のところの紅《べに》や元結《もとゆい》なども置くように手配いたしまして、はい、なんとかお暮らしにございます」

生母が生きている——。

寿一郎は言葉もなく、孫兵衛の顔を見返した。

寿一郎は寿平が三十八のときにできた初子である。生母は嫁いですぐ子を産み、二年後に病死したと教えられていた。

寿平は二十歳で松平家の祐筆になった。倉橋家の家督を継いだのは二十八のときだ。ということは、それから十年妻も娶《めと》らず、子も儲けなかったことになる。

家名に疵《きず》をつけず栄昌さするが、家の先祖へ対して其の人の本意なるべし。

遺誡にそう認めた父であった。子孫繁栄を願わぬはずがない。跡継ぎがなければ、お家は断絶してしまうのだ。

ではなぜ、三十代後半まで妻帯しなかったのか。嫡男を産んだ母だ、病死したのでなければ、どうして幼子を置いて離縁してしまったのだろう。

またひとつ箱があらわれた。

「母の家へ連れて行ってはもらえぬか」

考える前に言葉が出ていた。

ここで孫兵衛に出会ったのは、まさに神仏の導きというものだ。祖母は病床にある。数日後には藩主が江戸へやって来る。この機を逃せば、十二番目の箱になにが入っているか、わからずじまいになってしまう。

焦燥が生来の気弱さを吹き飛ばした。

孫兵衛は思わぬ成り行きに狼狽している。

「おたみさまがなんと申されますか……」

「行願寺ならさほどの距離もないではないか」

若者は性急だった。生母が生きていると聞いた以上、このまま顔も見ずに帰る気にはなれない。

「おらねばおらぬでもよい。頼む、この通りだ」

孫兵衛は目を泳がせた。なつかしさのあまり、うっかり声をかけてしまった。生母の消息まで口をすべらせてしまった。今になって後悔しているのかもしれない。

「拙者は母の顔を覚えておらぬ。ひと目見るだけでよいのだ」

寿一郎はあとへ退《ひ》かなかった。

「そうまで仰せでしたら」

孫兵衛はしぶしぶうなずいた。

「ありがたい。そうだ、すまぬが、しばらくここで待っていてくれ」

寿一郎は孫兵衛を待たせて道場へ赴き、長右衛門を呼び出した。知り合いの町人に出会

ったので一緒に出かけると報告すると、長右衛門は意味ありげな目で寿一郎を見た。が、

「そうか。それではおれはひと汗流してゆく」

と、あっさり背を向けた。

寿一郎は伝通院の裏門へ戻った。

孫兵衛は所在なさそうに待っていた。いまだ当惑顔のままである。

二人は寺の境内を通って表門へ出た。門前の大通りを南へ下る。行願寺は内藤新宿へ行く途中で、寺からは南西の方角にあった。

「こうして歩いておりますと、先生と歩いた昔を思い出しますよ」

道々、孫兵衛は遠慮がちに話しかけてきた。

「田沼さまのおられたあの頃はおもしろうございました。今とちがって江戸中が活気に満ちておりまして、なにやらこう、わんわんと音を立てながら動いているようにございましたよ。手前どもも、よう飲みよう遊び……恋川先生もしばしばお酒を過ごされたものにございます」

「父が大酒を飲んだのか」

「はい。それはもう。お酒を過ごされますと饒舌《じょうぜつ》になられ、胸にたまっていた鬱憤《うっぷん》などもぶちまけられて……」

最後には決まって、二本差を捨てて矢立《やたて》ひとつで旅に出るとわめいて、今にも席を蹴り立てて飛び出してゆかんばかりの勢いだったという。

「むろんお酒のせいにございましょうが、身を揉《も》んでお泣きになられたこともございました。あのときはおたみさまに叱られておいででしたが」

孫兵衛は思い出し笑いをした。

継母の鈴江は口数少なく控えめで、いつもうつむいていた印象しかない。父は祖父母の前ではもちろん、妻の前でも喜怒哀楽を見せなかった。その父が身を揉んで泣くとは、まして女に叱られている姿など想像もつかない。

「母が倉橋に嫁いだのは、父が三十後半になってからと聞いたが」

「『金々先生栄花夢』をお出しになられたときは、もうご一緒におられましたよ。もっとも、ご身分がちがいますからご夫婦にはなれません。はじめのうちはひた隠しにしておられましたが、そのうちに見つかって大騒動になりました。倉橋家の態度が和《やわ》らいだのは坊ちゃまがお出来になられてからで、間に人を立て、お武家さまのご養女分ということでようやく嫁がれたのでございます。ですが、まあ、そんなご事情ではうまくゆくはずがございません。舅姑《しゅうと》さまと折り合いがわるく、結局は家を出てしまわれました」

寿一郎は、孫兵衛の帯にぶら下がった印籠《いんろう》が歩みと共にゆれるのを、呆然と眺めていた。

装飾に目をひかれたのではない。意志もなくゆれる印籠が、己のゆらぐ心そのもののように思えたからだ。

自分の生い立ちにはそんないきさつがあったのか。

なににもまして衝撃だったのは、父が胸のうちに、わめいたり泣いたりするほどの鬱屈を抱えていたという事実だった。

父は藩主の覚えめでたく百二十石取りの重臣となった。祖父とともに俳諧でも頭角をあらわし、家中の句会では毎回、中心的な役割を務めた。我が家では大酒を飲むこともなく、温厚で生真面目、やりくりの厳しさを除けば不満はなさそうに見えた。

我が子々孫々、此勤労をおもひてゆめゆめ不足の心持ちなく、当家に忠義を尽くして倉橋の家、相続すべし。

そう遺誡にも認めていたはずだ。

「はてさて、どんな顔をいたしましょうか」

放心していると、孫兵衛がつぶやいた。

「おたみさまは倉橋家を出る際、我が子には二度と逢わぬ、名乗りもあげぬと約束をさせられたそうにございます。見かけによらず、気性の烈《はげ》しいお人ですから」

家が近づくに連れて不安になってきたのか、孫兵衛は扇子を取り出してぱたぱたとあおぐ。

「中秋も近いというのに、蒸し暑うございますねえ」

太陽は頭上にあった。足元には一寸の影もない。

二人は行願寺の門前町にさしかかっていた。

二

おたみの家は、門前町の大通りから一本入った路地にある裏店《うらだな》だった。

孫兵衛は寿一郎を道端で待たせ、おたみに事の次第を告げに行った。

小家ひしめく裏通りの、子供の声や昼餉《ひるげ》の煮炊きの匂いが流れるなかにたたずんで、寿一郎の胸はかつてないほど高鳴っていた。

息苦しくなって貧乏ゆすりをしたとき、孫兵衛が店の前で手招いた。

寿一郎は顔を上気させ、息をはずませて店内へ足を踏み入れる。

客はいなかった。色とりどりの端布と小間物が店先の板敷に並んでいた。孫兵衛はおたみが端布屋で食べていると言ったが、女ひとりの口さえ満たせそうにない貧弱な品揃えである。そのわりに家のなかはこぎれいで、暮らしぶりはわるくなさそうだ。

奥に座敷があった。おたみは座敷に膝をそろえていた。たおやかな女だ。色白でやさしげな目鼻だちである。四十を過ぎているはずだが三十前後に見えた。地味な丸髷《まるまげ》を結い、こざっぱりした縞木綿を着て座っている姿は、かつて武家の妻女であったせいか端然として、我が子の訪れにも動揺しているふうはない。食い入るようなまなざしや白くなるほどきつく握りしめた両手指、ときおりまぶたがひきつれたように動くさま、言葉が途切れるたびに喉を小さく鳴らす音……。そうした些細《ささい》な仕草に目を留めなければ、孫兵衛が言ったように、見かけとちがって情の強《こわ》い女に見えたはずだ。

「倉橋寿一郎にござります」

寿一郎はぎこちなく会釈をした。

おたみも他人行儀に辞儀を返した。

「ご立派になられましたこと」

「母上が生きておられるとはつゆ知らず……」

「お産みはいたしましたが、わたくしに母と申す資格はございません」

おたみは静かに言った。

「先生の黄表紙がご覧になりたいそうにございますね」

寿一郎が無言でうなずくと、

「お待ちくださいませ」と腰を上げる。立ち上がるとき、白いくるぶしが見えた。

おたみは襖《ふすま》を開けた。奥にもうひとつ小部屋があった。部屋の隅に夜具が置かれている。箱枕がふたつ、上にのっていた。

おたみは長持の中から黄表紙を探し出した。黄表紙は全部で二十余冊。その名のごとく表紙は黄色で、錦絵ふうの紅摺りの絵が描かれている。大きさは美濃判半切、一冊五丁、十頁。それより大判で、袋に入っているものもある。

「書いておられるときの先生は、それはお幸せそうでした」

昔の夫を先生と呼び、おたみは遠い目をした。

おたみの父親は町医者で、寿平とは狂歌仲間だった。おたみの家でしばしば狂歌の会をもよおし、何度か顔を合わせているうちに、恋仲になったのだという。

「父は存命中、湯島に住んでおりました。先生は我が家の離れで黄表紙をお書きになられたのでございます。『金々先生栄花夢』は大評判となりましたが、このときはご家中の方々には内緒にしておられました。恋川春町が何者か、はじめのうちは、狂歌のお仲間以外だれも知りませんでした」

おたみは身を乗り出して黄表紙の一冊を開いた。

寿一郎はかすかな白粉《おしろい》の匂いを嗅《か》いだ。

「この絵もみな先生が描かれたのでございますよ」

おたみは指で絵をなぞった。黄表紙の中に出てくる金々先生は目鼻のととのった優男《やさおとこ》で、線が細く生真面目そうなところが父に似ていた。顔にふれた指は吸いついたまま離れない。

「父が黄表紙を書いていたことを、殿や家中の者たちは最後まで知らなかったのでしょうか」

寿一郎は懸念を口にしてみた。

「むろん、存じておられました」

「『金々先生栄花夢』が売れに売れ、隠しきれなくなったのでございます」孫兵衛が口をはさんだ。「怖る怖る殿さまにお見せいたしましたところ、面白いと喜ばれたそうで、存分にいたせと仰せを賜ったとか」

「その代わり、黄表紙で得た金子《きんす》はそっくり、主家のためにお使いになられたのでございますよ」

二人が口々に語るところによると、藩主も重臣たちも表向きは見て見ぬふりをしながら、陰では寿平の余技を奨励していたのだという。松平家は借金にあえいでいる。献金は大歓迎だった。

自分の余技が藩の実益にもなるとわかって、実直な寿平はせっせと書いた。藩主や重臣のお墨付きがあれば、養父母も文句を言えない。おたみとも逢える。そのためにも書きつづけた。

やがておたみに子ができ、倉橋家はやむをえず嫁に迎えるが、嫡男誕生後いくらも経たぬうちに離縁。寿平は後妻を迎え、昇進を重ねながら、なおも黄表紙を書きまくる。

「倉橋家との縁は切れましたが、わたくしはずっと先生のお手伝いをいたすつもりでおりました。先生もさよう仰せにございました」

父とおたみの仲は離縁したあともつづいていた。晩年の父が頻繁に家を空けていたのは、この頃、また昔のように、おたみのもとで黄表紙を書くようになっていたからだろう。

紆余曲折を経て、父はふたつの顔を使い分けるすべを学んだ。謹厳実直な松平家重臣の顔と、惚れた女と水入らずで暮らす人気黄表紙作家の顔。

もし父が存命していたら、自らの言葉で息子に事情を話し、生母に逢う機会も作ってくれたにちがいない。早すぎる死が真実を箱の中へ封じ込めてしまった。

寿一郎は膝を進めた。

「うかがいたきことがあります。父はなにゆえ死んだのでしょうか」

おたみの眸に、はじめて激しい光が流れた。

「先生はお上《かみ》からお咎《とが》めを受けました。それで、主家に災いが及ぶのを怖れて、自ら退役を願い出たのです。願いどおり浪人となられましたのにそれだけでは済まず、切腹をさせられたと聞いております」

「およしなさい、証拠もないのに」

孫兵衛は眉をひそめた。

おたみはきっと見返した。

「病死なものですか。先生は七夕に亡くなられたのですよ」

癇走《かんばし》った声で言って、寿一郎ににじり寄る。

「先生は侍の身分などいつ捨ててもよいと言っておられました。死なずともよかったのです。それを三月余りも幽閉され、腹を切れと迫られて……」

「坊ちゃまの前で、おやめなさい」

孫兵衛の再三の制止を、おたみは黙殺した。

「いえ、申し上げます。お目にかかれぬ日がつづいたあと、先生はよう仰せでした。まるで牽牛《けんぎゅう》と織女《しょくじょ》みたいだと。七夕に自害なされたのは、彼岸で逢おうと、わたくしに伝えたかったからにございましょう」

おたみは洟をすすっている。

どう言葉をかけてよいか、寿一郎はわからなかった。

「お咎めとはどういうことだ」

孫兵衛に訊ねた。

「ご政道をあげつらったというのでございます」

ひとつ咳払いをして、孫兵衛が応えた。

寛政元年（一七八九）、寿一郎が九つになった正月に、寿平は『鸚鵡返文武二道《おうむがえしぶんぶのふたみち》』を出版した。これは前年、懇意にしていた黄表紙作者の朋誠堂《ほうせいどう》喜三二が書いた『文武二道万石《ぶんぶにどうまんごく》通《どおし》』の続編にあたるもので、そのために鸚鵡返しとしゃれたわけだが、大判の袋入りにして三十二文、二月三月売りまくり、たいそうな評判となった。

ところが運悪く、時の老中で寛政改革の推進者、松平定信の著作の中に『鸚鵡言《おうむのことば》』という一作があった。そのせいもあるのか、目をつけられた。内容がお上を愚弄しているとみなされたのである。

「四月にございました。ご老中さまよりお呼び出しがございまして、先生は驚きもされ、悩みもされ……」

巷《ちまた》では、小島藩主・松平信義が黄表紙の実作者ではないか、などという無責任な噂までひろまり、事件は主家の大事に発展しそうになった。

「喜三二先生にもひと月ほど前、内々にご注意があったそうにございます。それでこちらはいち早く退役の沙汰を賜り、事なきを得ました。恋川先生の場合も、退役にて済むものと軽く考えておりましたのですが……」

喜三二は秋田久保田藩・佐竹家の留守居役で、本名を平沢常富《つねとみ》という。佐竹家は二十万五千八百余石の大藩だった。大身の大名家と小身の大名家、うろたえず即座に対処した佐竹家と、ぐずぐずとお上の顔色をうかがっていた松平家、そのちがいが、同じようにお上に睨《にら》まれた二人の命運を分けたのかもしれない。

「喜三二先生とやらはどこにおられるのだ」

「下谷の中屋敷におられるはずにございますが」

寿一郎はおたみに目を向けた。

おたみは気を鎮め、もとのように端然と膝をそろえていた。

「いつかあらためて、父の黄表紙、拝見に参ります」

「いつでもご随意にご覧くださいませ」

おたみは両手をついた。

二人に礼を述べて、寿一郎は席を立った。お送りしましょうという孫兵衛の申し出を断って路地へ出ると、おたみが追いかけて来た。

「寿一郎さま。これをお持ちください」

大判の黄表紙を差し出す。

受け取ろうとしたとき、おたみの指がふれた。絵の中の顔にふれたときのように。

名残惜しそうに指がはなれると、おたみの口から吐息がもれた。

見送られて、大通りへ出る。

寿一郎は黄表紙を眺めた。恋川春町の名を世に知らしめたという『金々先生栄花夢』だ。すぐにも読みたかったが、そのままふところに差し込んだ。

朋誠堂喜三二こと平沢常富は寿平より十ほど年長だというから、六十を超えているはずである。お役を退いているとすれば、屋敷にいるのではないか。

寿一郎は下谷へ急いだ。早足で歩いたせいもあったが、それ以上に昂ぶりのせいで、佐竹家中屋敷の門前にたどり着いたときは汗まみれになっていた。

大大名家も中屋敷ならさほどの気後れもない。門番に訊ね、場所を教えてもらう。

平沢家は倉橋家の二軒分ほどの広さだった。名を告げて下僕に常富老人への取り次ぎを頼むと、別棟の長屋へ案内された。

「ご隠居さまはこちらにお住まいにございます」

常富老人は、大大名家の家来にありがちな横柄さはみじんもなく、気さくで闊達《かったつ》な男だった。背は低いが恰幅《かっぷく》がよく、肌の色つやがいい。寿一郎がだれかわかるや、手を取らんばかりに座敷へ招き入れた。

「よう訪ねてくださった。寿平どののお子が、おうおう、こんなに大きゅうなられたか」

一足早く薄《すすき》を活けた花瓶と山水の掛け軸のある床の間を背にあぐらをかいた老人は、四角張って挨拶をする若者を見て目を細める。

「どうしておられるかと案じてはおったんじゃが、なにぶんこちらは謹慎の身。松平家のほうからも、いっさいかかわってくれるなときついお達しがあったそうでの、動くに動けなんだのじゃ」

「当家から……」

「さよう。寿一郎どのの前だが、貴家の家臣どもは腑抜けぞろいじゃ。お上のお咎めが主家へ及ぶを怖れて、寿平どのに腹を切らせた。おおかた、家督安堵《あんど》を鼻先にぶら下げ、それとなく迫ったんじゃろう。その事実を隠すために箝口令《かんこうれい》を敷き、恋川春町につながる縁《えにし》をことごとく断ち切った」

やはり父が切腹させられたというのは事実らしい。

「詳しいいきさつをお教えいただきとうござります」

寿一郎は拳を握りしめた。

「元凶が退散したゆえ、話したところで、もはや大事はあるまい」

老人はうなずいた。

元凶とは松平定信である。定信は昨年、自国白河の政に専念するとの理由で老中を退いた。言論や出版物を厳しく取り締まった寛政改革も、定信の退却とともに尻すぼまりになろうとしている。常富老人が退散と言ったのはそのことで、今にして思えば、寿一郎が昨秋、藩主に呼ばれ、お役に励むようにと声をかけられたのも、改革の終焉《しゅうえん》とかかわっていたのだとわかる。

実際に見たわけではないが、と断って、老人は寿平の賜死《しし》のいきさつを語った。

喜三二の場合は、佐竹侯が定信と出会ったとき「そこもとの家臣は時局をわきまえぬ」と叱責されたのだという。藩主はあわてて喜三二を呼び出し、職を剥奪して、以後、筆を折るよう言い渡した。喜三二はすぐさま命に従い、筆名を友人に譲って謹慎した。

ところが寿平の場合は、運悪く藩主が国元にいた。それで定信から直々に呼び出しを受けたのである。寿平は呼び出しに応じず、病を理由に職を辞した。

「臆病者とそしる者もあったと聞くが、そうではない。寿平どのはわかっておられたんじゃ。対面の場でしつこく問いただされ、藩主容認のもとに黄表紙を書いていたなどとうっかり口をすべらせれば、お咎めは主家にも及ぶ。一万石の小大名などいとも簡単にひねりつぶされる」

寿平は喜三二にならって即座に退役願いを出し、四月二十四日、正式に許可された。長の病ととりつくろった手前、五月、六月、閏《うるう》六月と家にこもっていた。寿一郎が父の実家の桑島家に預けられていた時期である。

「父の身になにが起こったのでしょう」

事は落着したはずだった。が、七月七日に寿平は自害した。

「寿平どのは自分の口で藩主に申し開きをしたかったのであろうよ。それゆえ、八月の参勤交代までは、なんとしても生き延びるおつもりじゃった。ところが……」

喜三二がお咎めを受けた黄表紙は一年前に出版されたものだが、恋川春町の『鸚鵡返文武二道』はその春に大々的に売り出されたものである。春町の黄表紙がお上に睨まれたという噂がどこからかもれると、あれこれ尾鰭《おひれ》がついてあっという間にひろまった。

「貴家の家中の者たちは頭を抱えた。我が身に災いが降りかかるを怖れ、災いの根を絶とうとあせり出したんじゃ」

「それで父は、追いつめられていったのですね」

寿一郎は顔をゆがめた。

「父は主家のために骨身を惜しまず働きました。黄表紙を書いたのも、私腹を肥やすためではありませぬ。家中の者たちはみな多少なりと恩恵を被っていたはずです。それを突然、手の裏を返したように……」

父を庇《かば》う者はいなかったのか。これまでの父の貢献を思い、なんとか助けてやろうと尽力する者はひとりも……。

「お上の方針が変わったんじゃ。いたしかたあるまい」

常富老人は吐息をもらした。

「さすれば父は走狗《そうく》ではありませんか」

狡兎《こうと》死して走狗烹《に》らる。兎が死ねば、役立たずになった犬も食われる。

「いや。それを言うなら、小の虫を殺して大の虫を助ける。これはわしの考えだが、おそらく最後の決断を下したのは、他ならぬ勝政どのであろうよ」

家中の圧力に抗《あらが》いかねて、というより剛直で忠義を重んじる勝政である、主家存続のために肚を据えた。涙を呑んで我が子に腹を切らせ、家督安堵を見届けた上で、自らも武士の一分を立てて切腹した。

老人の推測どおりだろうと寿一郎は思った。

この一年余り、目の前に立ちはだかっていた霧がいま晴れた。家中の者たちが自分を見る目には、主家を危うい立場に立たせた厄介者の息子というだけでなく、利用するだけして無情に切り捨てた同僚へのうしろめたさが、多分に含まれていたのだ。

「あの頃は愉快じゃった。身分の高いも低いもない、武士も町人もない、書いては飲み、飲んでは愚痴を言い合い、愚痴は滑稽話《こっけいばなし》に化けてそれがまた飛ぶように売れる。こうして筆を折ってみると、金々先生ではないが、栄花の夢を見ていたように思えての……」

老人は喜三二であった昔をなつかしんでいる。

白湯《さゆ》を一杯もらい、寿一郎は腰を上げた。

三

長い一日だった。

長いだけでなく、重い一日でもあった。

次々に蓋が開いた。開くたびに見知らぬ父に出会った。

小島藩江戸屋敷は西の方角だ。歩きはじめはしたが、どうしても帰る気になれなかった。

生まれて十五年なじんだ屋敷が、今ではうそ寒い牢獄のように思える。

身の不肖のそれがし、かく主君の用ゆたまわることありがたきままに、此のことを書きのこし畢《おえ》ぬ。

遺誡の最後をそう締めくくった父が哀れだった。

重い体を引きずって歩いたのはほんのひと角。沈みかけた夕陽を見ると、もう堪《こら》えがきかなかった。

どこというあてはなかったが、地平に傲然と居座って、周囲を紅く燃え立たせている夕陽に向かって歩くのだけはごめんである。

当てずっぽうに歩いていると、人が忙しく行き交う大通りが見えた。寛永寺の門前町か。往来のにぎわいにつられるようにふらふらと大通りへ出た。

日暮れ時にひとりで町をうろつくのははじめてだ。

立ち止まってあたりを見まわす。

後ろからやって来た男が勢いよくぶつかった。

「てめえ、このでくのぼう……」言いかけて、腰のものに目を留める。「おっと、こいつはご無礼を」

男は素早く人混みに逃げ込んだ。

目で追う気力もなかった。放心したまま、人の流れに身をまかせて歩く。

ふいに腹が鳴った。そういえば午前に屋敷を出てから、常富老人にふるまわれた白湯一杯しか飲んでいない。

貧乏藩士の財布は軽いが、多少の銭なら持っている。屋敷に詰めているとき、小銭を渡して下僕に用事を申しつけることがあるので、小銭は切らさないように気をつけていた。飯代くらいはなんとかなるだろう。

一膳飯屋があった。店内からざわめきが聞こえてくる。路上にこぼれた煮物や焼き魚の匂いが空きっ腹にしみ入った。

祖母が下女につくらせる食事は、これ以上倹約できぬほど質素だ。朝餉は炊きたての飯に汁と香の物、昼餉は湯漬けに香の物、夕餉には一菜がつくが、大根や茄子《なす》など屋敷の一画に設けた畑でとれる野菜の煮物が大半で、ごくたまに魚がつく場合も小鰯《こいわし》か秋刀魚《さんま》がせいぜい。育ち盛りの子供には物足りなくて、みそ汁の蜆《しじみ》をひとつひとつせせって食べたものだった。

よおし。食いたいものを好きなだけ食ってやる。

元服を済ませたとはいえ十五歳の若者である。鬱々としていても、食欲は旺盛だった。

精一杯ものなれたふうを装って足を踏み入れる。「おいでなさいまし」と女の声がして、客がいっせいに目を向けた。

ざっと見渡したところ十余人。衝立《ついたて》で仕切られた床几《しょうぎ》に、数人ずつ固まって酒を飲んでいる。

女中が寿一郎を空いた席へ案内した。

「なにをお持ちいたしましょう」

「腹が減った。飯と菜を見つくろってくれ」

腰の大小をはずして脇へ置く。飯が運ばれてくるのを、身を硬くして待った。

煮魚に茄子の煮浸し、胡瓜《きゅうり》の酢物、根深汁……目の前に並ぶなりかぶりつく。ありふれたものばかりだが、なんとも言えずうまかった。

「旦那、一杯いかがでござんすか」

腹のおさまる頃合いをはかっていたのか、客のひとりが声をかけてきた。衝立の向こうから顔を出してちろりをかかげている。愛嬌のある丸顔の男で、町人髷を結っていた。

酒は、祝いの席で口を湿らせる程度に飲んだことがあるだけだ。あいまいにうなずくと、男は人なつこい笑みを浮かべた。

「そいじゃあ、ちょっくら」

ちろりと盃を手に這《は》い寄ってくる。

「飯だけじゃあ愛想もなにもありませんや。ね、旦那、ぐいと一杯。いえ、ご心配には及びません。こいつはあっしの奢《おご》り」

寿一郎の手に盃をにぎらせ、酒を満たした。

「拙者は酒をたしなまぬゆえ……」

「まあまあ、そう仰《おっしゃ》らずに」

飲め飲めと急《せ》き立てるので、寿一郎は一気に盃を干した。腹がかっと熱くなる。

「ほう。見事な飲みっぷりじゃあござんせんか。旦那、いける口でござんしょう。ささ、もう一献《いっこん》」

寿一郎は常富老人の言葉を思い出した。

あの頃は愉快だった、武士も町人もなかった、と老人は言った。そういえば孫兵衛も言っていた。よう飲みよう遊んだ、先生も大いに飲んだ、と。

「おまえも飲め」

「へい。それでは失礼して」

男は女中を呼んで酒の追加を注文した。

「あっしはすぐこの先の下谷に住む安次ってんですがね、おやじとおふくろに死なれちまいまして、弟妹の面倒をみながら、なんとかぼて振りで暮らしをたててるんでさ。ぜんぶ売り切れて、ちょっとばかしふところがあったけえときに、こうして安酒飲むのがたったひとつの楽しみなんで……」

　安次の話に耳をかたむけながら、寿一郎はつがれるままに盃を空ける。

　酔いがまわってゆくのが自分でもわかった。酔っぱらうのはこんなにも心地がよいものか。酒を飲んで羽目をはずした父を身近に感じた。

　倉橋家の養子となり、厳格な養父母に仕え、上級家臣とは名ばかり、野菜をつくって飢えをしのぐほどの貧乏暮らしをしていた父だ。遺誡を書かされ、惚れた女と引き離され、それでも愚痴ひとつ言わずに主家のために尽くしてきた父が酒を口にしたときの高揚感。それこそが、父に黄表紙を書かせる源となったのだろう。

　二人は次から次へちろりを空にした。

　気がつくといつのまにか仲間が増えていた。衝立の向こうにいた男たちらしい。一人は浪人で、もう一人はやくざふうの目つきのわるい男だ。が、名を名乗り合い、身の上話を聞かされ、「旦那、お旗本の旦那」とおだてられているうちに、すっかりいい気分になっていた。

　笑い声が聞こえる。三つの顔が目の前で大きくなったり小さくなったりしている。衝立が大きくゆれ、天井がまわっていた。

四人で飲んでいたはずが、どうしたことか、父がいた。喜三二も孫兵衛も、おたみまでが笑いさざめきながら酒を酌《く》み交わしている――。

「お侍さま。看板にございますよ」

耳障《ざわ》りな声が聞こえたとき、寿一郎は床几に突っ伏していた。

「さあさあ、お起きになってくださいまし」

急き立てられて首を動かす。

鈍痛が走った。鉛の兜《かぶと》でもかぶっているように頭が重い。

頭を押さえてそろりと身を起こした。

客は一人もいなかった。衝立が取り外され、思ったよりせせこましい床几の一隅で、女中がこぼれた酒を拭いていた。

「お代、二朱いただきます」

女中は悪びれもせずに言った。

またもや頭がずきりとした。

「なんだって」

「お勘定。二朱になります」

寿一郎は目をみはった。

飯代ならせいぜい二十文か三十文で済むはずだ。酒にしても一合がやはりそのくらい。二朱といえば、腹一杯飯を食い、おまけに酒を三升も四升も飲み干した勘定になる。朦朧《もうろう》とした頭でも、それが法外な値であることはわかった。

「飯代がさほどに高いのか」

「お酒を飲まれました」

「飲んだことは飲んだが」

そうだ。安次とかいうぼて振りと酒を飲んだのだ。あとからそいつの仲間が二人、加わって……。

「あの者たちは連れではない」

「けど、ご一緒に飲んでおられましたよ」

「やつらはどうした」

「とうにお帰りになりました。お代はお侍さまにもらってくれと言われて」

酔いが一気に醒《さ》めた。あの三人ははじめから示し合わせて、自分に近づいたのだ。

女中がけげんな目で眺めている。

寿一郎は財布を取り出し、逆さにして銅銭をぶちまけた。数えてみるまでもない。代金の半分にも満たなかった。

　女中もひと目で銭が足りないことに気づいた。

「旦那さん。ちょいと来てください」

　奥へ向かって呼び立てる。言い訳をする暇もなかった。

　出て来たのは陰気な顔をした中年の男だ。うっそりとしているが、目つきは鋭い。

「お侍さまはもしや、金を持たずに飲み食いをなさるおつもりで」

　穏やかな物言いが不気味だった。

　寿一郎は居住まいを正した。

「そうではない。見ず知らずの者たちが、酔いつぶれている間に勘定を押しつけて逃げてしまったのだ」

「ご事情は存じませんが、お侍さまもご一緒にお飲みになられたのでございましょう」

「おれの分は払う。しかし二朱というのはいくらなんでも高すぎる」

「近頃、だまされたふりをして食い逃げをする悪党があとを絶ちません」

　あるじは巧みに不穏な気配を匂わせた。

　寿一郎はため息をついた。

「わかった、払う。払えばいいのだろう」

わずかな蓄えに手をつけるのは気が引ける。が、こうなってはいたしかたなかった。幸い祖母は病床にある。こっそり銭を持ち出し、下僕に届けさせようと、寿一郎は考えた。家へ帰るのがいやで今の今までうろついていたことは、もう忘れている。

「だがこのとおり、持ち合わせがないのだ。ここにある銭で足らぬ分は明日かならず届ける」

「先日も、後払いと言い置いて逃げてしまった奴がいました」

「よし。刀を預けてゆく。それなら文句はなかろう」

倉橋家は清和源氏の流れをくみ、太平記にも名を留める新田一族の世良田《せらだ》大膳太夫康氏を中興の祖とする家柄で、家伝の宝刀として三条小鍛治宗近の長刀を有していた。ところが享保の頃、うっかり火中に落として焼いてしまった。以来、名刀を誂《あつら》える銭がないので、質流れの安物で間に合わせていた。

それでも刀は刀、一膳飯屋で飲んだ酒の代金よりは価値がある。

ぐずぐず言うようなら、脇差を一緒に預けてもよい。脇差のほうは長刀よりましで、父が実家の桑島家より伝授されたものだ。

あるじが同意したので、刀を渡そうとした。

ところが、たしかに置いたはずの刀が消えていた。脇差もない。

寿一郎は青くなった。代金どころではなかった。見栄も外聞も忘れ、這いずりまわって衝立の陰、上がり口まで探したものの見つからない。

「おい。いつまで待たせるんでえ」

奥に二階があるのか。板のきしむ音がした。

「中盆《なかぼん》がいらついてるぜ」

遊び人ふうの男が二人、顔をのぞかせた。隠れ賭場でもひらいているらしい。

「こちらのお侍さまがただ食いしようとしなさったんで」

「ちっ、手間暇かけやがって」

「なんだ、叩いても埃《ほこり》も出ねえ三ピン侍か。とっととお引き取り願いな」

寿一郎はごつい手に両腕をつかまれた。丸腰である。華奢《きゃしゃ》な体つきの上にまだ幼さの残る顔立ちだ。おまけに酔っぱらってふらついている若侍など、やくざ者の相手ではなかった。

小突かれ、床几から引きずり下ろされて、店から叩き出された。どさくさにまぎれて蹴りつけられても、羽織を奪われても、もはや抗う力はなかった。

さんざんに打ちのめされて意識が遠ざかる。

どのくらい道端に横たわっていたのか。気がつくと家々の灯は消え、沈みかけた三日月の淡い光が、路地の闇をかすかに白ませていた。

体の節々が痛い。吐き気がする。昼間は夏に戻ったような暑さだったのに、今は冷え冷えとして体の芯《しん》が寒かった。

一日の出来事が次々に浮かんでは消える。陽射しが照り注ぐなかを長右衛門と肩をならべて歩いていた自分と、泥酔し痛めつけられて闇のなかに転がっている自分が、同じ自分とは思えない。

苦痛をこらえて立ち上がった。着物は泥だらけだ。袴《はかま》から単衣がはみ出し、髷はゆがんで、両刀ばかりか履き物もなかった。が、ありがたいことに、父の黄表紙は元のまま、ふところに入っている。

よろよろと歩き出した。足は自然に光のちらつくほうへ向いている。

明かりは、人一人通ればいっぱいになるほど狭い路地からもれていた。路地へ入る木戸は壊れていて、そこから覗いたところでは両側は棟割長屋のようだ。明かりが見えるからまったくの無人ではなさそうだが、大部分は壊れ、いや、故意に壊され、廃墟の様相を呈している。

ちょうどよいねぐらだった。夜中にこんな格好で歩いていては胡乱《うろん》な目で見られる。ともかく朝まで休みたかった。それから先のことは、酔いが醒めてから考えればよい。

路地へ入ろうとして、落ちていた木ぎれを踏みつけた。思わず声をもらす。染革足袋《たび》に血がにじんだ。

激痛に顔をゆがめ、気を取りなおして片足をかばいつつ先へ進む。いくらも行かないうちに激しい吐き気に見舞われた。はじめから吐きそうだったのが、どぶの臭いを嗅いでいよいよ堪えきれなくなったのだ。

うずくまって嘔吐《おうと》した。

肩をあえがせ、動悸を鎮めようとしていると、女の声がした。

「どうしたのさ。飲み過ぎたのかい」

かすれているのに艶めきのある声だ。

驚いて顔を上げると、二十歳そこそこにしか見えない痩《や》せた女が寿一郎を見下ろしていた。

「おや。まだ若造だね。おいで。井戸まで連れてってやるよ」

逆らう気力もないまま、女に助けられて立ち上がる。

井戸は路地の奥にあった。女の介添えで口をゆすぎ、泥のついた顔と手を洗う。

「錆《さ》びついてるからね。飲むんじゃないよ。水なら、あたいんとこで飲ませてやるから」

女の話によると、改革で取り壊される前、ここは隠れ岡場所だったという。女たちは捕らえられ、どこかへ連れ去られてしまった。

「ちょうどそのとき、あたいは猫の子、捨てに行ってたんだ。だから今じゃ、あたいひとりきり。今度はこっちが路地裏の捨て猫ってわけ」

寿一郎はこれまで武家の女ばかり見てきた。下女や町女と話すこともないわけではなかったが、相手が侍だとわかると相応の話し方をしてくる。ところが、目の前の女は口ぶりや仕草、そもそも笄《こうがい》ひとつで巻き上げた髪や浴衣とへこ帯といういでたちも、それとはまったくちがっていた。目をみはるばかりで声も出ない。

女は明かりの灯っている家へ、寿一郎を案内した。

ひと間きりの、それも板床に筵《むしろ》が敷かれているだけの家だ。入口の半畳ほどの土間に水の入った桶と七輪が置かれていた。行灯《あんどん》の安物の油がじいじいと音をたてながら、不快な臭《にお》いをまき散らしている。

「そこに柄杓《ひしゃく》があるだろ。お飲み」

言われるままに喉《のど》を鳴らして水を飲む。貪《むさぼ》り飲んでせき込むのを見て、女は声をたてて笑った。

「あんた、いくつ」

「十五」

「あれま、若いんだねえ」まだくつくつ笑っている。「お侍かい」

腰に目をやり、もの問いたげな目をする。

「飯屋で見知らぬやつらと酒を飲んだのだ。酔いつぶれている間に両刀を持ち逃げされ、店の者たちに叩き出された」

はじめてまともに口を開いた。胸はまだ昂ぶっている。

「その先の路地だろ。このあたりは物騒な店が多いのさ」

おあがりよ、と勧められて、寿一郎は筵の上にあがった。へとへとに疲れきっている。体中が痛むし、手足は重い。吐き気はおさまっていたが、頭はまだずきずきしていた。それなのに気が昂ぶっているせいか、目は冴え冴えとしている。

女も白い喉を見せて水を飲み、板床へ上がった。

「そうだ。いいもんがある」

女は隅っこに置かれた柳行李《やなぎごうり》に這い寄った。飴色《あめいろ》に変色して、ところどころ穴の空いた代物である。

「名は……」

寿一郎はぶっきらぼうに訊ねた。

女はなかをひっかきまわしている。

「おまえの名だ」

「みさご。魚をくわえ込むのが得意な鳥だって。あやかろうと思ってね」

あったあったとつぶやいて、女はうれしそうに戻って来た。

「足袋、お脱ぎよ。血が出てるじゃないか」

見つけたのは塗り薬らしい。足袋を脱ぐと、女は親指ほどの容器に鼻をつけ、匂いを嗅いで足の裏の切り傷にすり込んだ。

「古いけど、ないよりましだろ」

ちょろりと舌の先をのぞかせる。いたずらを見つかった子供のようだ。

それにしても、なぜ廃墟にひとり残って、商売をつづけているのか。

「こんなとこじゃ客なんか来ないだろう」

「来てるじゃないか、今」

「おれは客じゃない。だいいち持ち合わせがない」

「それもそうだねえ。ま、ともかく、あたいを押し込めていた箱が壊れたんだ。ばらばらになっちゃったんだよ。客が来ようが来まいが、こんな幸運、またとあるもんか」

廃墟は長屋に建て直すことになっているのだという。そうなれば出て行かなければならない。それまで束の間の極楽だと屈託なく笑った。よく笑う女である。

「おや、なんだい、それ」

「これか。黄表紙だ。恋川春町の」

おれの父だと胸のうちでつぶやいてみた。

「おかしな名だねえ」

女は目を輝かせて挿《さ》し絵を眺めている。

「読んでおくれよ。ね、銭の代わりにしとくから」

一刻も早く読みたくて、寿一郎もうずうずしていた。だが行灯の明かりでは、暗すぎて文字を追えない。

「明るくなったらな」

「きっとだよ」

女は行灯の障子を上げ、火を消す前に流し目をくれた。

「さてと、暗くてもできることをしようかね」

一瞬にして、手練《てだ》れの女郎の顔になる。

油の臭いが消え、闇の中に女の匂いがたちこめた。

はじめての経験である。身を硬くしていたはずが、女の指が手妻《てづま》のような素早さで袴を解くや、寿一郎の気後れは吹き飛んだ。

四

文に曰く、浮世《ふせい》は夢のごとし。歓《よろこび》をなす事いくばくぞやと。誠にしかり、金々先生の一生の栄花も、邯鄲《かんたん》のまくらの夢も、ともに粟粒《ぞくりゅう》一すいのごとし。

『金々先生栄花夢』の中の、恋川春町自身が書いた序の一節である。

早朝の澄み渡った空の下、寿一郎は帰宅の途にあった。

両刀も羽織もないが、新しい草履を履いている。昨夜の女が誂えてくれたものである。

女とは湯漬けを食べた。身支度をととのえる前のしどけない格好で、黄表紙を読んでやった。

「今はむかし……」と語る絵双紙は、金々先生こと片田舎に住む金村屋金兵衛が、江戸で奉公して金を貯めようと思い立ち、まずは目黒不動尊へ詣《もう》でて、名物の粟餅屋へ立ち寄る絵からはじまる。浮き世の楽しみを尽くしたいのに、あまりに貧しくて思うにまかせない。

そこで一念発起しての江戸行きだった。

粟餅ができるまで、奥座敷でうたたねをしていた金兵衛。その金兵衛のもとへ、豪商が

万八幡大菩薩のお告げで跡取りを捜しに来る。養子に迎えられ、思いもよらず大金持ちになった金兵衛は、

……家督を継ぎてより、なに不足もなければ、だんだん奢り長じ、日夜酒宴をのみ事となし、昔の姿は引きかえて……

吉原での大散財を手はじめに、あちらでもこちらでも銭をばらまく。「今はもはや光も失せ果て、日頃這いかがみし者も、知らぬふりにてよりつかず」というところまで遊びほうけ、先の望みを失った店の者たちはあきれ果てて離れてゆく。そればかりか、手代らはしめしあわせて店の銭をくすね、金兵衛の着物をはぎとって追い出してしまった。途方に暮れて嘆く金兵衛、粟餅の杵《きね》の音に驚いて起き上がってみれば一睡の夢、注文した粟餅はまだできていない。

人間一生の楽しみも、わずかに粟餅一臼《ひとうす》の内のごとし。

金兵衛は悟って在所へ帰った、という話だ。

――へええ、粟餅をつく間にねえ……。

女はしきりにうなずいている。

禍福《かふく》はあざなえる縄のごとし。しかるに、驕る平家久しからず。この本は売れに売れたというから、だれにもわかる平易な滑稽話の中に普遍の教訓をこめたところが、世人に受けたのだろう。

父は安永四年（一七七五）、三十二歳のときにこれを書いた。この四年前に倉橋家の養子になっている。お役は十両二人扶持《ぶち》の小納戸《こなんど》格《かく》御《お》刀番《かたなばん》だった。翌年、三十三歳で禄高百石の家督を継ぎ、御内用人に昇進する。

加増と昇進がつづくこの時代は、父にとっては順風満帆だったはず。散財をいましめ、己の分を説く『金々先生栄花夢』は、慢心しそうになる己への誡《いまし》めでもあったにちがいない。藩主に見せ、今後も書きつづけてよいとの許可を得たことを考えると、多少はお上におもねる気持ちもあったのか。はじめての黄表紙出版に内心ではおっかなびっくり、事なきを願っていたからこそ、あえて教訓的な話を取り入れたのかもしれない。

そこまではわかる。が、それだけだったのか。

ここには、もうひとつ、父の切実な思いがこめられているのではないか。屋敷を抜け出し、父ゆかりの人々に出会い、はじめて酒と女を知り……だからこそ気づいた。

父も金々先生のように、在所から逃げ出したかったのだ。宮仕えに励み、困窮のなかであくせく暮らすのは不本意だったのだ。なにかもっと、華々しく胸はずむことがしたい――ふくらみかけたその思いを、黄表紙を書くことで封じ込めようとした。高望みはするな、地道に暮らせと、己の心に言い聞かせた。それでもなお糸の切れた凧《たこ》のように飛んでゆきそうになる自分をしばりつけるために、あの遺誡を書いたのだ。

飛んでゆきたい心と、それを誡めようとする心と。父は死ぬまで、揺れ動く二つの思いの間で葛藤していたにちがいない。

十二手箱の最後の箱を開けた。そう、寿一郎は思った。箱の中には、どっちつかずの気弱な微笑を浮かべた父がいた。自分とそっくりの父が。

――金々先生はいいよねえ。在所があるんだから。あんただってそうだけど。

別れ際、女はため息まじりに言った。大あくびをして見せたのは、涙をごまかそうとしたのかもしれない。

一夜明けた隠れ家は板きれが散乱する廃墟で、見送りに立った女は、昨夜とは別人のように老けて見えた。

屋敷の門が見えるところまで来たときだった。

門番が駆けてきた。ほんの数歩走っただけなのに荒い息をつきながら、

「皆さまがお捜しいたしておりました」

と、両手を泳がせる。

寿一郎はさっと顔色を変えた。

「急変なされたのか」

嚙みつくように問いただす。

「昨夜は大騒ぎにござりました」

「容態は」

「なんとか持ちなおされたようにござりますが」

門番を押しのけ、寿一郎は駆け出していた。

倉橋家は表長屋の一隅にある。二階建て瓦葺《かわらぶき》で、大半の家臣郎党が住む平長屋に比べれば、多少広かった。

人があふれているわけでも、声が聞こえるわけでもないのに、家はなんとなくざわついている。

下女を呼ぶ手間も省き、草履を脱ぎ飛ばして祖母の部屋へ急いだ。

閉ざされた障子に手をかけようとすると、中から障子が開き、長右衛門が出て来た。

長右衛門は恐ろしい形相で睨みつけた。後ろ手に障子を閉め、寿一郎の腕をつかんで強引に引き上げ、そのまま廊下の隅まで引きずってゆく。

次の瞬間、寿一郎は拳固《げんこ》を食らい、尻餅をついていた。

「大馬鹿者めが。どこへ行っとったんじゃ」

どこそことひと言では言えない。寿一郎にとっては、全国行脚をするよりはるかに遠い旅だった。

「申し訳ございませぬ」

神妙に両手をつく。

「神尾さまが佐代どのを寄越されたぞ」

「佐代どのを……」

「昨夜は一睡もせずに看病しておられたそうな」

祖母はひとまわり小さくなったように見えた。

が、寝顔はなお威厳に満ち、些事《さじ》を見逃すまいと身構えているかのようだ。

幼い頃から、寿一郎は祖母のしどけない格好や取り乱した姿を一度として見たことがなかった。今こうして眠っていてさえ、髪の毛一本乱すことなく、帷子《かたびら》の衿《えり》を深く合わせ、

持続可能な魂の利用

松田青子

女性アイドルに恋する三十女の熱情が、日本の絶望を粉砕！ 新米ママ、同性愛者、会社員も連帯し、〝地獄〟を変える〝賭け〟に挑む。最強レジスタンス小説。

●836円

新装版

幸せの条件

誉田哲也

恋も仕事も中途半端な若い女性社員に突如下った社命。それは新燃料用コメ栽培協力農家の獲得。だがそのミッションが、彼女を変えてゆく。〈解説〉田中昌義

●836円

囚われの山

伊東潤

世界登山史上最大級の遭難事故、八甲田雪中行軍遭難事件。だが、この大惨事には、一二〇年前の白い闇に隠された秘密が!? 長篇ミ

●968円

剣神 水を斬る
神夢想流林崎甚助6

岩室 忍

書き下ろし

巌流小次郎と宮本武蔵の決闘 徳川家康が仕掛ける大坂の陣。武を以て名を揚げる覇道の時代が終わりを告げ、甚助は最後の修行の旅に出る。

●880円

其の一日
増補新版

諸田玲子

「桜田門外の変」はじめ、実際の事件を背景に、江戸市中で懸命に生きる人々の、人生を揺さぶった一日を描く連作時代小説集。書き下ろし新作一篇を増補。

●792円

柚木麻子と読む 林芙美子
掌の読書会

林芙美子

柚木麻子 編

「おフミさん」のふてぶてしさに何度も元気づけられてきた――作家・柚木麻子が、数多く残された短篇から12篇を選び、魅力を語る。林芙美子生誕120周年。

●990円

決定版 ゲゲゲの鬼太郎5
朧車・妖怪大裁判

水木しげる

濡れ衣を着せられ、妖怪裁判にかけられる鬼太郎。かつてこらしめられた妖怪たちは復讐の機会とばかりに結集し……!?　力作揃いの中長編を多数収録。

●924円

文庫で読む100年の文学

沼野充義／松永美穂／阿部公彦／読売新聞文化部 編

文庫オリジナル

●946円

対談 日本の文学
わが文学の道程

〈中公文庫プレミアム〉

中央公論新社 編

文庫オリジナル

●1430円

君と私
志賀直哉をめぐる作品集

里見 弴

文庫オリジナル

●1100円

海軍こぼれ話

阿川弘之

●990円

制限戦争指導論

J・F・C・フラー

中村好寿 訳

●1540円

両手をまっすぐに下ろして仰臥《ぎょうが》している。

寿一郎は頭《こうべ》をたれた。

祖母の枕辺に、佐代はつつましく膝をそろえていた。面差しはまだ幼いが、じっと祖母の寝顔を見つめる眸には、やさしさだけでなく、武家娘ならではの凜《りん》とした光があった。

どんなにちっぽけな家でも、佐代ならしっかり守ってゆくだろう。我が子と夫に相次いで切腹されながら、ゆるぎない意志で家名を守り通した祖母のように。

「世話になりました」

寿一郎は小声で佐代に礼を述べた。

「いいえ。たいしてお役にも立てず」

佐代は大人びた口調で応えた。

「寝ておらぬのでしょう。休んでください」

「はい。ですがその前に」

佐代は目で合図をして敷居際まで下がり、ふところから二葉の紙を取り出した。

寿一郎も音をたてぬよう、佐代のそばへ這いよる。

「お祖母さまが昨夜、わたくしに託されたものにございます。手文庫の中から出してくるようにと仰せになられ、寿一郎さまがお戻りになられたらお渡しいたすようにと」

寿一郎は紙を取り上げた。

「辞世だそうにございます。お父さまとお祖父さまの」

息を呑んだ。ふるえる指であわただしく開く。

父の辞世は歌だった。


我もまた身は無きものと思ひしが　いまはの際は淋しかりけり

祖父の辞世は句である。

妻と孫あとに遺して菊見かな

佐代の前で泣くのは男子の恥だと思ったが、思ったときは、もう涙が頬を伝っていた。

目を伏せたまま、佐代は両手をついた。一礼して出て行く。

寿一郎は涙にかすむ目で、今一度、ふたつの辞世を読み比べた。

家中の者たちの声なき声に追いつめられ、不本意ながらも主家のために死んでいった父。

苦悶のすえに我が子を切り捨て、忠義という一分を貫くことで、むしろ飄然《ひょうぜん》と死に臨んだ祖父。二人の死にざまが胸に迫る。

いや、それを言うなら、主家のため家名のために毅然《きぜん》と男たちを見送った祖母の胸中こそ、いかばかりだったか。

二葉の紙をふところにおさめて、祖母の枕辺へ戻る。

祖母は穏やかな寝息をたてていた。

中秋の陽射しが孤高の老女を淡く包んでいる。そのせいか、祖母の顔はいつになく柔和で、口元には微笑さえ浮かべているように見えた。

「お祖母さま。死んではなりませぬ」

長い長い一日に遭遇した数々の出来事、多くの人々、さまざまな思い……。それらをどう肚におさめ、これから先いかに生きてゆくのか。十五の若者には考えも及ばなかった。

なにげなく明るいほうを見る。

障子の白さが目にしみて、寿一郎は一睡の夢から醒めたように瞬きをした。

釜《ふ》中《ちゅう》の魚《うお》

一

春とは名ばかりの、うすら寒い朝である。

江戸城を望む濠沿いの道を、可寿江《かずえ》は足早に歩いていた。

出がけに一杯ひっかけてきたので、手足は冷たいが体の芯は火照《ほて》っている。

――朝っぱらから女だてらに。いったいあの女、何者だい。

忙しい台所へやって来て酒を飲ませろという女客に目をむき、法外な銭を差し出されて二度驚き、それでも旅籠《はたご》の仲居衆は湯飲みにたっぷり冷や酒をついでくれた。あのあとひとしきり、自分の噂でもちきりだったのではないか。

まあ、ええわ。なんとでも言いなはれ。

気にかけている暇はなかった。事態は切迫している。

可寿江は小柄な体を前かがみにして、蹴出しを文字通り蹴り立てるように歩いた。前方を見すえ、唇を引き結んだ顔はまるで悪霊に憑《つ》かれているかのよう、道行く人の目には、我が子か親か、危篤《きとく》の知らせをうけて駆けつけるところとでも見えたかもしれない。

往来はまばらだった。ときおり登城の行列に出くわす。そんなときは道端へ避け、辞儀をしてやりすごした。

井伊家の上屋敷の表門が見える場所まで来て、可寿江は足を止めた。

二階建ての表長屋に囲まれた広壮な屋敷である。井伊家の当主、彦根藩主にして大老職を兼務する井伊掃部頭直弼《かもんのかみなおすけ》は、毎朝五つ半（午前九時）に表門を出る。大老の登城時刻は朝四つ（午前十時）と定められていた。桜田御門から城内へ入り、二の丸、中奥へといくつもの門をくぐり、橋や廊下を渡って、その都度、挨拶をうけながら御用部屋にある老中の局《つぼね》の大老の座へたどり着くためには、早くも遅くもない時刻である。

可寿江はおとつい江戸へやって来たばかりだが、大老の一日は頭に入っていた。

直弼のことなら知り尽くしている。井伊家の十四男に生まれ、埋木舎《うもれぎのや》と自ら名付けた小屋敷で不遇を託《かこ》っていた直弼が、どういう経緯で彦根藩主となり大老にまで駆け昇ったか。禅と居合、茶の湯に造詣が深く、柳をこよなく愛して和歌では柳王舎《やぎわのや》という号を好んで用いることも、三人の側室から十六子を得、内七子が無事成長していることも、近頃は京橋の質屋の娘を小姓に上げて寵愛していることも、といっても目下は女どころではなく、将軍継嗣《けいし》問題や強引な開国によって生じた朝廷との齟齬《そご》を和《やわ》らげようと心身をすりへらしていることも。

それだけではない。先月、水戸藩で長岡の騒動が鎮圧されて以来、逃走した首謀者が同志を募って直弼を襲撃しようと謀《はか》っていることも知っていた。京で噂を耳にして、いてもたってもいられず、はるばる江戸まで駆けつけたのである。

直弼のもとには懐刀《ふところがたな》の主膳《しゅぜん》がいた。長野義言《よしこと》、国学者として直弼に多大な影響を与え、三年前に正式に彦根藩士となって主馬《しゅめ》から主膳へ名を改めた男は、反直弼派の一掃という大役を終えて昨夏、江戸へ戻った。主膳の耳にも当然、謀略の噂は入っているはずだ。自分がしゃしゃり出ることはない。わかってはいたが、今度ばかりはなぜか平静ではいられなかった。

寝汗をかく。動悸が速まって胸が苦しくなる。口中に酸《す》っぱい唾がたまって、気がつくとまぶたが痙攣《けいれん》している。

なにごとも起こりませんように——。

不吉な影に怯《おび》え、胸の内で念じていた。

道端に身を寄せ、懐手《ふところで》をして井伊家の門内をうかがう。

風がないのはありがたいが、降りそうで降らない空はかえって不安をかき立てた。冷や酒の効力も薄れている。青白い女の顔はいかにも心もとなげで、茫洋とした天空にとけ込んでしまいそうだ。

待つほどもなく先触れが聞こえた。櫓門《やぐらもん》の内からあわただしい気配が流れてくる。いかめしい扉が開き、足軽、つづいて供まわりの徒士《かち》があらわれた。槍持、草履取《ぞうりとり》、挟箱持、騎乗の武士《さむらい》、徒歩の武士他、総勢六十余人。直弼は乗輿《じょうよ》が許されているので、中央の駕《か》籠《ご》の中にいる。姿は見えない。

登城の手筈《てはず》は事細かに定められていた。毎朝のことなので手抜かりはない。一行はよどみなく出立《しゅったつ》した。

道端で身をちぢめている女に関心を払う者はいない。

類《たぐい》まれな美貌でその名を馳せ、祇園《ぎおん》の芸妓、金閣寺住職の隠れ妻、彦根藩主先代および当代の妾《めかけ》、主膳子飼いの密偵と、数奇な半生を経巡《へめぐ》ってきた通称・可寿江、村山たかもすでに五十一になる。世間では老女といわれる歳だ。実際の年齢より十も十五も若く見られ、いまだ美貌に衰えは見えないものの、地味な木綿《もめん》小袖《こそで》に身を包み、化粧けのない顔でうつむいていれば、注視を浴びる心配はなかった。

行列は整然と桜田御門へ向かう。

見とがめられないだけの距離を置いて、可寿江はあとをつけた。

つけてどうなるわけではない。直弼が無事城内へ入るのを見届けて安堵《あんど》するだけだ。歯がゆいが、今のところ他に手の打ちようがなかった。

可寿江が江戸へやって来た目的は、主膳と連絡をとって、直弼に身の危険を知らせることにある。二日前に江戸へ到着するや、真っ先に、同行した息子の帯刀《たてわき》を主膳のもとへ遣わした。

あいにく主膳は不在だった。ここしばらく江戸に滞在していたはずだが、直弼の密使役を務める主膳のこと、彦根もしくは京へ隠密裏に出向いたとも考えられる。帯刀は連絡先を言い置いて帰って来た。

心落ち着かぬままに、昨日の朝もここへ来てみた。いざとなれば駕籠訴という手もあるが、人前に顔をさらしたくない。

直弼に寵愛されたのは二十年も昔である。直弼は自分とかかわりを持ったことを悔やんでいた。別れは唐突で一方的で、そのため双方に未練がつのり、後々まで尾を引いた。それもこれも直弼が周囲の目を異常なまでに気にかけたせいである。

直弼の立場からすれば無理もない。

本来なら今回も、自分が出向く必要はなかった。

直弼も、危険はとうに察知しているはずだ。あらゆる危難に備えて、周到に策を講じているにちがいない。

可寿江は唇を噛みしめた。

なぜ、こんなにも胸がざわめくのか。

行列はなにごともなく杵築《きつき》藩邸の門前を通り過ぎ、左へ折れて橋の手前の下馬先にさしかかった。騎馬の供侍は馬から下りる。ここで城内へ付き従う者と、主《あるじ》を見送ってそのまま供侍で下城を待つ者の二手に分かれる。

大老は城内の下乗所まで乗物に乗ることが許されている。橋を渡って御門内へ消えてゆく一行を遠目に見送り、可寿江は安堵の息をついた。

踵《きびす》を返そうとしたときだ。門前から南方向へ下る大通りに、数人の武士が寄り集まっているのが目に入った。

可寿江はただの女ではない。ここ数年、主膳の片腕となって、反直弼派の首謀者のあぶり出しにひと役買ってきた。世人が「安政の大獄」と恐れた一連の事件である。一瞥《いちべつ》しただけで敵味方を判断する目を持っている。

まず、男たちの風体《ふうてい》が気になった。とりたてて粗末ないでたちではないが、どことなくうらぶれている。顔つきも気になった。そろいもそろって暗い。胸の奥底に鬱憤《うっぷん》を抱いているようだ。一番気になったのは、中の一人が武鑑《ぶかん》を手にしていながら、だれも見ようとしないことだった。田舎侍が武鑑を参考に登城する行列を見物するのは珍しくもないが、武鑑そっちのけでこそこそ話し合っているのは妙である。

それだけのことを素早く見て取るや、物陰に隠れた。動悸が速まる。もしや直弼の命を狙っている水戸浪士ではないか。だとしたら、このまま見過ごすわけにはいかない。

息子に知らせる方法はないものか。

帯刀は可寿江が滞在している旅籠と同じ隼《はやぶさ》町の、商家に潜伏していた。直弼の亡き母で彦根御前と呼ばれたお富の方の父、伊勢屋十兵衛の縁者の家だ。可寿江も以前、江戸に滞在した折りに厄介になったことがある。

隼町は、井伊家を中に、桜田御門と反対の西方向へ同じくらい行ったところにあった。間に合いそうにない。連れ戻る頃には、男たちはいなくなっているだろう。第一、息子がこの時刻、商家にいるとは限らなかった。息子には息子の手蔓《てづる》がある。帯刀はまだ二十三だが、かつて江戸で暮らしていたことがあるので、今回も水を得た魚のように水戸浪士の動静を探っていた。

こうなったら自分でやってみるしかない。

可寿江は舌先で唇をしめらせた。

これまで何度となく危ない橋を渡ってきた。誹《そし》られ侮られ、それでも頑として我を押し通してきた。結果として他人様《ひとさま》の助けを借りることはあっても、自分から他人を頼ったことは一度もない。どんなときも身ひとつで切り抜けてきたのである。

男たちは一人二人と散って行った。最後に残った二人がこちらへ歩いて来る。息を詰めている可寿江の傍らを通り過ぎ、下乗橋の手前で立ち止まって城を仰ぎ見た。

背の高さはちがうがどちらも痩《や》せていて、似たような体つきである。年齢はいずれも三十前後といったところか。

二人は熱心に話し込みながら井伊家の方角へ歩きはじめた。屋敷を越え、半蔵御門を通り過ぎて、そのまま濠沿いの道を北へ向かう。

歩みが速いのでついてゆくのがやっとだった。尾行ならしたこともあるし、されたこともある。馴れてはいたが、なじみのない江戸では京のようなわけにはいかなかった。見失いそうになってあわて、人けのない道でいきなり後ろを振り向かれて冷や汗が吹き出し、そのたびに心の臓が飛び出しそうになる。

二人は武家屋敷の建ち並ぶ町をぬけ、橋を渡った。渡ったところは広壮な武家屋敷だった。下半分が海鼠《なまこ》塀、上部が塗塀、窓は連子《れんじ》窓の、表長屋を兼ねた塀がつづいている。塀に沿って東から北、北から西へと屋敷を半周する形でまわり込み、屋敷に隣接する町人町へ足を踏み入れた。

そこで、可寿江は男たちを見失った。見破られていたとは思えないが、角を曲がったとたんに消え失せていたのである。

舌打ちをした。おそらくこのあたりの家に仮寓しているのだろうが、一軒一軒訪ねるわけにもいかない。

振売りが通りかかった。天秤棒の両端に木の蓋《ふた》をした笊《ざる》を下げている。ぷうんと匂いがしたところをみると、上方《かみがた》では見かけない納豆売りだ。

「ここ、なんという町でっしゃろ」

あほみたいやな、と思いつつ訊《たず》ねた。

振売りは足を止めた。

「富坂町だがね」

「富坂町……ふうん。それにしてもえろうおっきなお屋敷やねえ」

可寿江は後方の屋敷に目を向けた。

井伊家も広大だが、その三倍はありそうである。

「水戸さまのお屋敷を知らねえのかい。そうか、姐さんは上方から来なすったのか」

振売りは鼻を鳴らした。

二

　旅籠へ戻ると、そろそろ八つ時（午後二時）になろうという時刻だった。朝餉《あさげ》代わりに冷や酒をあおっただけで、二刻半（約五時間）も歩きまわっていたことになる。

「どなたはんか訪ねて来ぃしまへんどしたか」

　帯刀か主膳か、知らせが届いていないかと思って仲居に訊ねてみたが、伝言はなかった。

「湯漬けでええのやけど、急いで食べさしてもらえまへんか」

「へえ。すぐにお持ちいたします」

　どこへ出かけていたのか、なにをあわてているのかと、内心ではいぶかっているはずだ。が、朝の心付けが効いているらしい。余計なことは訊《き》かず、仲居はそそくさと出て行った。

　本当ならひとっ走り、帯刀の様子を見に行きたかった。けれど大老の退出時刻は八つ、ぐずぐずしていれば帰宅の行列に間に合わない。

　仲居が運んできた湯漬けをあわただしく腹におさめた。

「出がけに台所へ寄りまっさかい」

一朱銀を握らせると、仲居は心得たようにうなずいた。盆をかかげて出てゆく。

可寿江は手鏡を引き寄せ、乱れた髪をととのえた。

色白のきめの細かい肌だ。目立ったしわもしみもない。目元の涼やかさも唇の艶《つや》も失せてはいなかったが、むろん五十の素顔にはじけるような若さの輝きはなかった。いつのまにかくぼんでしまったまぶたや、よく見なければ気づかないとはいえ目の下のたるみ、昔はなかったはずの黒子《ほくろ》に、不運つづきの歳月が怨みがましい爪痕を残している。

手荷物の包みをほどいて化粧箱を取り出し、刷毛《はけ》でうっすらと白粉《おしろい》を刷いた。合わせ貝の蓋を開け、小指の先に紅をほんのぽっちりのせて唇を彩る。つけたとたんに気後れがして、懐紙を唇の間にはさんで余分な紅を取り除いた。

直弼とはじめて出会ったとき、といえばもう二十年も昔になるが、あの頃は芸妓でも住職の隠れ妻でもなく、夫と離縁したばかりの一児の母だった。化粧もしていなかったし、髪も地味な丸髷《まるまげ》に結《ゆ》っていた。埋木舎で先行きの希望もないままひっそりと暮らしていた直弼が自分を見初めたのは、見栄も飾りもないいでたちに好感を抱いたからか。それとも不運つづきの疲れた顔が、まるで直弼自身の心を映したようで、親しみを覚えたのか。

ひと目ぼれとはねえ、こっちだって初《うぶ》な小娘じゃあるまいし――。

ため息をついた。鏡が曇った。袖で磨く。

紅のついた懐紙を折り畳んでふところへ入れ、手鏡と化粧箱をしまって腰を上げた。

「さすが上方のお人だ。見事な飲みっぷりだよ」

朝と同じように冷や酒をあおるのを見て、台所にいた仲居たちは目配せを交し合った。上酒は上方から下って来ると決まっているので、上方の人はだれでも酒が強いと思っているのだろう。

酒量ってのはね、涙の量で決まるのや。それも他人様を泣かせた涙の……。

口で言う代わりに、咎《とが》めるような目で女たちを見まわした。八つ当りである。本当は自分で自分に腹を立てている。

若い頃、つれない仕打ちで男を泣かせた。近年は密偵・密告・調略と、主膳の言うがままに働いて、直弼に敵対する者たちやその縁者を泣かせた。他人様からしぼりとった涙に悲恋の涙を加えれば、灘《なだ》から下る酒樽いくつぶんになることやら。

礼を言うついでにおくびをもらして、あわただしく旅籠を飛び出した。

今朝方と同じ濠沿いの道を足早に歩いた。

井伊家の門前を通り過ぎて杵築藩邸へ差しかかったところで、向こうから帰城の行列が近づいて来るのが見えた。

化粧をしたり冷や酒をあおったり、よけいなことをしていたので遅くなってしまった。

もっとも目的は直弼の無事をたしかめることだから、井伊家の旗印とそれにつづく行列を見れば一安心である。

神仏に両手を合わせた。

こんなことで一喜一憂するのは馬鹿げている。なまじ手が届くところにいるせいで、かえってはらはらするのか。

行列は間近に迫っていた。騎乗の武士を先頭に、供頭、供目付、側小姓、徒士と次々に傍らを通り過ぎてゆく。

可寿江は道端に避け、辞儀をした。一杯の酒が五杯にも十杯にもなったかのように、体が燃えたぎっている。よぎっては消えてゆく影を眺めているうちに、とうとうがまんができなくなった。

ここに直弼がいる。命がけで惚れた男だ。棄《す》てられたときは地獄の苦しみを味わった。それでも、恨み辛みさえ越えてなお我が命を捧げようという男が、ほんの数歩隔てたところを通り過ぎようとしていた。

殿さま、お久しゅうございます。

可寿江は目を上げ、声にならない声でつぶやいた。

すると、駕籠が止まった。いや、止まるはずがないから錯覚かもしれないが、可寿江にはそう見えた。熱い視線が自分に注がれているような……。

頬に手をやった。

化粧をしていてよかった。

もっと別のことを考えてもよさそうなのに、真っ先に頭をよぎったのはそのことだった。たちどころに羞恥がやってくる。

はじめて出会ったのは三十。若くはなかったが、あのときは子を産んで二年経つか経たずの女盛りだった。地味な身なりをしていても、体の隅々から色香が匂いたっていたはずである。

今の自分には色香どころか、女らしい潤いもない。男に伍して闘い、血も涙もなく敵を捕らえ、酒をあおって憂さを晴らす五十女は直弼の目にどう映るのか。

いたたまれずに目を伏せた。

もう一度目を上げたとき、駕籠は通り過ぎ、行列は最後尾に差しかかっていた。

行列のあとを放心した顔でついてゆく。

自分の後半生は、井伊直弼という冷徹にして情深く、小心にして大胆、堅物《かたぶつ》にして進取の気性に富んだ、つまり当代の傑物のあとをただひたすら追いかけていたのだとあらためて思った。

門扉が左右に開いた。

行列が吸い込まれてゆく。

最後の一人が消え、扉が閉まっても、可寿江はしばらくその場に立ちつくしていた。

直弼は自分を見た。まちがいなく見た。杵築藩邸前のあの場所で。

風が出ていた。大気は一段と冷え込んでいる。春はどこへ行ってしまったのか。

海老色の縞木綿の裾を片手で押さえ、もう一方の袖を顔の下半分にあてがって舞い上がる砂を避けながら、可寿江は早足で隼町の旅籠へ帰って行った。

三

「三味線でも弾いておあげやす」

般若院《はんにゃいん》慈算《じさん》に命じられたとき、可寿江は後込《しりご》みをした。音曲を教える相手が彦根藩主の弟で、尾末町《おすえまち》松の下にある埋木舎に住まう井伊直弼と聞いたためである。

「勘弁しとくなはれ。うち、顔出せしまへん。院主さまかてわかってはりますやろ」

知らぬはずがなかった。

十年以上前になるが、可寿江は現藩主の直亮《なおあき》に恥をかかせた。奥向きの小姓として城へ上がり、藩主の寵をうけながら、参勤交代で直亮が江戸に滞在している間に京へ逃げてしまったのだ。奥向きに仕える者は、ことに藩主のお手つきになった者は、一生奉公が習《なら》いである。見つけ出してお手討ちにすると言われても文句は言えない。

幸いにも、身請け人が多賀神社の般若院の院主であったために災いを免れた。名を可寿江と変えて祇園の芸妓になり、金閣寺の住職に落籍されて隠れ妻となり、子を身ごもったのち寺侍の多田源左衛門の妻に下げ渡された。そんな事情では夫婦仲がうまくゆくはずもなく、現在は離縁をして慈算のもとへ戻っている。

可寿江にとって彦根城は鬼門だ。城のそばへ近づくのさえ避けているのに。

慈算は、解脱《げだつ》した僧にしては計算高そうな目で、妹の娘を眺めた。

「若君はんは殿さまとは十八もお歳がちごてはる。あんたの騒ぎがあったときはまだ頑是《がんぜ》ないお子どした。なにも存じてはおられんさかい、びくつくことはおまへん」

「それやからよけいに騙すようで」

「心配おへんて。若君はんはお心ばえのよきお方どす。えろう勉強家でもおます。茶の湯にも造詣が深こおすが、和歌もようけたしなまれはるさけ、あんたならちょうどええ話し相手になるやろう」

まだほんの娘だった頃、慈算は強引に説き聞かせて、可寿江を直亮の奥向きへ上げた。美しいだけでなく和歌や芸事に秀でた姪の使い道を、よくよく考えてのことである。

養育してもらった恩や、不始末をしでかしたとき命乞いをしてもらった恩、今またこうして寺の片隅に仮寓させてもらっている恩を思えば、慈算の肚《はら》にたとえなにがあったにせよ、逆らうわけにはいかなかった。

「十八下いうたら、うちとは五つちがいや」

直弼が二十五だと聞いて、可寿江は少し気が軽くなった。

「ほな、行って参じます」

慈算が身繕いを化粧をとうるさく言うのを聞き流して、可寿江は三味線を抱え、髪をなでつけただけで埋木舎へ出かけて行った。

直弼は庭に面した居間にゆったりと座していた。名家の血を引くだけあって、いかにも育ちのよさそうな、ととのった目鼻立ちの若者である。そのくせ甘やかされた貴公子にありがちな浮ついたところはみじんもなかった。慎ましい暮らしを強いられているせいか、歳より大人びている。

可寿江が直亮の小姓に上がったとき、直亮は三十だった。今の直弼とは五つしかちがわない。十七の娘の目で見た男と三十女の目で見る男とのちがいはあろうが、それにしても兄弟は似ていなかった。

直弼は竹のようだ。すっくと空に向かって伸びる青竹——。

可寿江はひと目で直弼に好感を抱いた。清廉で凜々《りり》しく、若さに似合わず大海のような包容力を感じさせる男は、これまで見たことがない。

「三昧のお相手、させてもらいに参じました」

敷居際で両手をつくと、直弼はくっきりとした目で可寿江を見た。

「院主はんのご縁に連なる者にて、可寿江と申します。下手な手ぇどすけど、一曲弾かしてもろてもよろしゅおますか」

柔和な笑みを浮かべて、可寿江は直弼の眸《ひとみ》を見つめた。

直弼の頰がほのかに紅潮した。埋木舎で精励克己の毎日を過ごしているという直弼には、まだ側妾がいない。

本場仕込みの音曲に、直弼は目を細めた。

つづいて話は和歌になり、茶の湯になる。

「うちのは自己流で。昔は石州《せきしゅう》流をかじったんどすけど、忘れてしまいました」

直弼はうれしそうにうなずいた。

「余も石州流を学んだ。が、形や技にばかりとらわれ、心がない。茶の湯の本来の道は禅の心に通じるものだ」

直弼は埋木舎に四畳半の茶室をしつらえ、法華経の一節からとって澍露軒《じゅろけん》と名付けているという。柱に自ら詠《よ》んだ和歌を掛けていると目を輝かせて語った。

「何をかはふみもとむべきおのづから　道にかなへる道ぞ此みち……お志の高さがうかがえる、ええお歌どすなあ。精進しておいやるお姿が目に浮かびます」

慎ましく感想を述べながらも、可寿江は少しばかりおかしかった。直弼の歌には十代の若者のような一途さがある。それがいかにも肩肘を張っているようで、いじらしく思えたのである。

「埋木舎というのも、若君はんが自ら命名しはったんどすか」

「養子の口もなく部屋住の身、生涯、埋もれて生きる覚悟で名付けたのじゃ」

直弼の口元がわずかにこわばった。が、目元には明るい光が流れる。

「世の中をよそに見つつもうもれ木の　埋れてをらむ心なき身は」

「埋れてをらむ……」

「なすべきことはいくらもある。埋木舎にこもっておっても」

直弼は十五人兄弟の十四男である。直弼と現藩主の三男直亮、直亮の世嗣となった十一男直元の他は、夭折《ようせつ》した者を除けば全員が他家の養子になっていた。これはのちに聞いたことだが、十五男の弟が直弼と競ったあげく大名家の養子に選ばれ、七万石の城主となった際には、さすがに直弼も意気消沈したという。

同じ兄弟でも藩主と部屋住のちがいは天と地ほどもある。ことに歳の離れた兄には絶対服従で、臣下の礼をとっていた。自ずからつのる鬱憤や挫折を、直弼は学問に精進することで懸命に克服しようとしていたのだ。

「ほんまにそうどすな。うちも、なすべきことをなさなあきまへん。世を捨てて尼になるのは、もう少し先にしときまひょ」

可寿江はこのとき一子の帯刀、幼名常太郎の養育のことを言ったのだが、直弼はその言葉をどうとったのか。結局、可寿江にとってもそれは、子の養育ではなく直弼との恋にすり替わってしまった。

あれは銀杏の葉が黄金の光を振りまき、蜻蛉《とんぼ》が濠に群れ飛ぶ季節だった。そびえ立つ彦根城から目をそむけ、身をちぢめるようにくぐった冠木《かぶき》門。小体《こてい》な庭は物寂しく、屋敷も鄙《ひな》びた佇まいながら、足を踏み入れるや、桃源郷へ引き込まれたような気がした。恐れも気後れも消えている。

簡素な茶室で茶を点《た》てる直弼の真摯なまなざし、悠然たる姿。和歌の話に興じているうちにいつしか夕暮れが迫り、一日のなんと短いことよ、と嘆息した。引き止められるままに異国の絵図を覗《のぞ》き込み、ふと触れ合った手指。しびれるような感覚が駆けめぐり、つづく「帰るな」とのひとことが可寿江を金縛りにしてしまう。そのくせ、迷いを払いのけ、気恥ずかしさをかなぐり捨てて褥《しとね》に添い伏したときはもう可寿江の独壇場だった。男を渡り歩いてきた三十女に、奥手の若者はたあいなく絡め捕られている。

直弼は三日にあげず可寿江を招いた。

呼ばれれば拒めない。顔を隠して門内へ駆け込み、抱かれてひととき我を忘れる。

生まれてはじめて身も心も蕩《とろ》ける悦びにひたりながら、可寿江の胸には、直亮との過去を隠しているといううしろめたさが、灰汁《あく》でも米のとぎ汁でもとれないしみのようにがんこにこびりついていた。

天保十年（一八三九）の秋から十三年の春まで、二人の蜜月はつづいた。

なぜもっと早く打ち明けなかったのか。

騙していたわけではない。恐ろしくて言えなかったのだ。多賀神社で慈算に育てられたこと、祇園で芸妓をしていたこと、金閣寺の住職に落籍されたことも、ややこがいることも、離縁をしたことも、二年余りの親密なつき合いの間にその都度、話してきた。だが、藩主直亮とのかかわりだけはどうしても言えなかった。

あれは天保十三年、年が明けて間もないある日のことだ。

多賀神社へ急使がやって来て、慈算に彦根藩重臣の屋敷まで至急来られたしという。慈算があわただしく出かけてゆくのを見送り、血の気が引いた。

来るべきものが来たのではないか。

実は前年から、可寿江を直弼の側妾にする話が持ち上がっていた。直弼の求めに応じて埋木舎で数日過ごすこともあったから、これまでもいわば公然の妾である。だが側妾となれば、部屋を与えられて一生奉公となる。

「芸妓をお側へ上げなはったら世間様に笑われます」

「うちには子もおりますよって」

「この歳では釣り合いがとれしまへん」

あれこれ言い訳をしてみたが、直弼は聞き入れなかった。こうと決めたら一途な気性である。

側妾になろうものなら、即刻、藩主の耳に伝わる。かつて自分の妾だった女、無礼にも勝手に逃げ出した女が弟の側妾になったと知って、直亮が黙っているはずがない。直弼とちがって直亮はねちっこく、一筋縄ではいかぬ性格だった。弟を呼びつけて叱責するだけならまだしも、どのような意地悪をしかけてくるか。

進退窮《きわ》まるとはまさにこのことである。

名こそ変えていたものの、とうに家臣の中には気づいている者がいた。戯れならばと目をつぶっていたところが、側妾にすると聞いて仰天した。意を決して諫言《かんげん》に及んだのではないか。

諫《いさ》められて直弼は驚愕、直弼の意を受けた重臣がただちに慈算を呼びつけた。

慈算が帰るまで生きた心地がしなかった。お手討ちになろうが追放になろうがいたしかたない。が、直弼にひと目逢って、詫びを言いたかった。決して騙すつもりはなく、惚れてしまったがゆえに言えなかったのだということだけはわかってほしい。

慈算は憔悴《しょうすい》した顔で帰って来た。

「今少し骨のあるお方かと思うたが、兄君に頭が上がらぬと見える」

吐き捨てるようにつぶやいた。

藩主の妾であった事実を隠し、直弼をたぶらかした罪は重いが、女の身ゆえ深くは咎めぬ、以後は神社にて謹慎させるようにとの沙汰であったという。

たぶらかすとはなんと酷い言い草か。

歯ぎしりをしたものの、直弼の衝撃を思えば文句は言えなかった。慈算は骨がないと言うが、片や三十二万石の城主、片やそのお情けでわずか三百俵の捨扶持をあてがわれている弟である。十八も歳の差があり、生まれたときから藩主と仰いできた兄であれば、頭が上がらなくて当然である。

「ひと目、お目にかかりとおます」

「お逢いにはなれへんそうや」

「ほれやったらせめて文なりと」

「今は無理や。殿はんが江戸へご出府しやはるまでは、ともかくじっと身をひそめておるこっちゃ」

もちろん、非は自分にある。肝心なことを隠していたのだから。

でも、直弼に惚れてしまったのは自分でも思いがけない成り行きだった。止めようがなかったのだ。手練手管で籠絡したわけではない。あれほど心を通わせ、夜ごと抱き合った二人なのに。別れの言葉さえなく、他人《ひと》づてに絶縁を告げられるとは、あまりにも冷たい仕打ちではないか。

その夜、可寿江は湯帷子《ゆかたびら》一枚で井戸端へゆき、頭から水をかぶった。肌にぺたりと貼りついた帷子の上から、乳房を腹を太股をこする。

幾人もの男の手の跡がついた体だ。直亮の指や歯や舌の跡もある。が、それは直弼に逢う前の名残で、幼い頃の切り傷やすり傷同様、痛くも痒《かゆ》くもない、とうに消えたはずの跡だと自分では思っていた。それさえも許さぬ、今さら生まれたてのまっさらな体に戻れと言われてもなすすべがない。

寒風が肌を突き刺した。

井戸水が骨の髄を凍らせた。

可寿江は泣きじゃくりながら、憑かれたように、何度も何度も体を洗った。

四

今頃は奥書院で家老や用人と面談をしている頃か。それとも大広間で家来衆の挨拶をうけている頃か。

畳に横座りになってふくらはぎを揉みほぐしながら、可寿江は直弼に思いを馳せた。

謁見を終え、武芸の稽古をしているところかもしれない。直弼は新心流の居合を学び、奥義をきわめた。埋木舎にいた頃は、木の枠に藁《わら》を巻き、その上に皮を貼りつけた抜形と、暇さえあれば対座していたものだ。心を静にして神がかりになったと思ったその刹那《せつな》、目にも留まらぬ早業で斬りつける。藩主になってからも稽古は怠らぬと聞く。

いや、今はそんな余裕はないはずだ。

弘化三年（一八四六）に直亮の世嗣の直元が死去した。直弼は江戸へ呼ばれ、世嗣となった。四年後の嘉永三年（一八五〇）には直亮が病死して直弼は彦根藩主となり、三十二万石の家督を継いだ。ちょうどその頃からだ。世の中は騒然としはじめた。

嘉永六年にペリーが来航した。同年、将軍家慶《いえよし》が死去、家定が新将軍となった。開国派と攘夷派の対立があらわになり、将軍継嗣に紀州の慶福《よしとみ》を推す直弼方と一橋慶喜《よしのぶ》を推す水戸の斉昭《なりあき》方との対立も激しさを増した。

好むと好まざるとにかかわらず、直弼は釜の中へ身を投じたのである。釜はぐつぐつと不穏な音をたて、今しも煮えたとうとしている。

人の宿命《さだめ》なんてわからんものやけど——。

可寿江はときおり、直弼があのまま世嗣にも藩主にもならずに埋木舎にいたらどうだったかと考えることがあった。

不遇な生涯にはちがいない。あくびが出るほど退屈な、そのかわり敵をつくることも人に恨まれることもない暮らし。一途な目をした若者は平々凡々な毎日に堪え、なすべき業をなしとげるのか。あるいは志半ばにして楽なほうへ流されてゆくのか。可寿江にはどちらとも言えなかった。

考えるのは馬鹿げている。直弼は藩主になるべくして生まれてきたのだ。人の生涯は生まれ落ちた瞬間から定まっているのではないか。

左右のふくらはぎを揉んだあと、足袋《たび》の上から拳で足の裏を叩いた。安住とは無縁の主膳と行動を共にしていたので足腰は鍛えられているはずだが、江戸へ来てこの二日、足も重いし体もだるい。

そろそろ世間並の女の暮らしをする時がきたのかもしれない。水戸浪士の動向を探り、直弼に危険を知らせて心が鎮まったら、彦根へ帰って今度こそ平穏な暮らしをしよう。

「お客さまですよ」

物思いにふけっていたので足音に気づかなかった。仲居に声をかけられて、あわてて足を引っ込める。

「どなたはんでっしゃろ」

障子越しに訊ねた。

「伊勢屋さんのお使いだそうで」

だったら帯刀にちがいない。

「お通ししとくれやす」

主膳と連絡がとれたのか。それともなにか水戸浪士に関する新たな情報を得たのか。可寿江は胸を高鳴らせた。

帯刀は興奮した面もちで入って来た。

金閣寺住職の落胤《おとしだね》である息子は生来賢い子だったが、父とも慕う主膳の教えを受け、国学、語学に才を発揮しはじめていた。主膳が京にいるときは京、江戸にいるときは江戸に滞在して勉学に励んでいる。

ここ数年は、可寿江ともども主膳の密偵役を務めていた。剛胆な気性だが、顔立ちは母に似て小造りでやさしい。

「母上のほうにはなんぞ知らせがありましたか」

仲居が退《さ》がるのを待って、帯刀は膝を進めた。訊ねたところをみると、主膳からの伝言を届けにきたわけではなさそうだ。

「いいえ」

「実は噂を耳にしました」

「浪士のことどすか」

「昨夜、日本橋のさる料亭に不審な輩《やから》が集まって、密談をしておったそうです」

母子は顔を見合わせた。

やはり水戸浪士は江戸に潜伏して、事を起こす手筈《てはず》をととのえているのだ。

「そのこと、先生は……」

可寿江母子にとって主膳は師である。

「菅谷さまにお伝えしました」

帯刀は顔をしかめた。菅谷は主膳の家来である。直弼の家臣に取り次ぎを頼んだが、主膳の許可がなければまかりならぬと断られたという。

隠密はあくまで隠密、表に顔を出すなと、主膳は逢うたびに言っている。

「ここが京なら、いくらでも動きようがあるのですが」

歯噛みするのを見て、

「井伊家は上も下もぴりぴりしてはるのや。しかたがおまへん」

可寿江は息子をなだめた。井伊家の者たちが警戒を強めているというなら、それはそれで歓迎すべきことである。

「それより、不審な輩いうのやけど、何人くらいおったのや」

「十余人はいたそうです。伊勢屋の番頭さんの話によると、料理屋の仲居が水戸の浪士ではないかと勘づき、町方へ届け出たというのですが……」

長岡から遁走《とんそう》した水戸浪士の行方は、公儀も探索中である。伊勢屋は直弼とのかかわりから、公儀にも町方にもつてがあった。

「そういえば今朝、うちも桜田御門のとこで妙な武士《さむらい》を見かけたわ」

不審に思ってあとをつけ、水戸藩邸裏の富坂町で見失ってしまった話を手短にする。

帯刀は眉間にしわを寄せた。

「やつら、殿のお命を狙うておるにちがいありません」

「井伊家の警護はどうなんや。お殿はんのお耳には届いてはるのやろか」

「届いているはずです。菅谷さまの話では、三、四日前に矢田藩主松平信発《のぶおき》さまがおいでになられ、危難が及ぶ怖れがあるゆえ、しばらく大老を辞して身の安全を計ってはいかがかとご進言なされたそうですから」

それこそ、可寿江が江戸へ駆けつけた目的だった。主膳に逢い、直弼に大老職を辞してもらう、それが無理なら身辺警護に万全を尽くすよう懇願することが。

可寿江は身を乗り出した。

「で、お殿はんはなんと言わはったのや」

「かかる国の大事に一身の安全を計るわけにはゆかぬ、と」

思わず吐息がもれた。

どこにいようとなすべき業をなす――目を輝かして言い切った若き日の直弼を、可寿江は思い出していた。直弼はこうと決めたら最後までやり通す男だ。理想を現実のものとするためには、他人の批判など耳を貸さない。冷徹なまでの意志の強さがあった。

「人には天命あり、とも仰せになられたそうです」

「天命……」

「刺客が自分をたおそうとすれば、たとえどんなに用心をしたところで無駄だと」

可寿江は胸を衝かれた。それではまるで、槍鉄砲を持った敵の前に素手で立つようなものではないか。

散りかかる池の木の葉をすくひ捨て　底の心もいさぎよき哉《かな》

世嗣となって江戸へ上った直後、直弼は師である清涼寺の仙英禅師に歌を贈った。生涯埋もれたままで終わるはずの自分が思いがけず世嗣となった、その際の決意を述べたものだ。

それはそのまま、大老となった現在の心境をも謳《うた》っているように思えた。

いさぎよくあれ、というのは直弼の生きざまだ。だが、魚は釜中《ふちゅう》で今しも煮られようとしている。

「命を狙われているから大老を辞すとは、井伊家の面目にかけても言えん。それはもっともなことやけど……」

「大老を辞したところで、これだけ怨みを買っておるのです。やつらがおいそれと見逃すとは思えません」

安政の大獄と呼ばれる反対派への弾圧は、切腹・死罪・獄門の極刑に処せられた八名をはじめ、連座する者百名に及ぶ苛酷なものだった。指揮を取った直弼を怨む者は数知れない。主膳の手足となって働いた可寿江でさえ、これほど凄惨を極める結末となるとは思わなかった。

主膳のせいだ、と、可寿江は思った。江戸の直弼は京からの主膳の報告を一言一句鵜呑《うの》みにした。直弼の主膳に対する信頼は絶大だ。主膳という男はたぶんに狂信的なところがあって、しかも人をとりこにする不思議な魔力を持っている。

もっともこれは最近になって気づいたことだ。そのことで今、主膳を信奉する息子とやりあうつもりはなかった。

「せやから先生に逢うて、徒士の数を増やして警護を厳重にするようにと」

「松平さまも言われたそうです。ですが殿さまは、徒士の数は規定があるから、自分だけ反するわけにはゆかぬと仰せられたとか」

まったく手ぇのおえん堅物や。

可寿江は肚の中で毒づいた。

自分とのこともそうだった。藩主の妾を弟が側妾にする。となれば家名に傷がつく。なにひとつ聞く耳も持たず、直弼は即座に可寿江を切り棄てた。

若い頃から嫌なものは嫌と妥協をせず、そのために男を渡り歩いてきた可寿江には、国家や幕府や家名に対する直弼の度を超した忠誠心だけは理解の外《ほか》だった。自分が命を捧げるのは惚れた男だけで、益体《やくたい》もないものに命を賭けるなど気が知れない。

「伊勢屋はんからお殿はんにお知らせする手はないんやろか」

「とうに知らせたそうです」

矢田藩主がわざわざ出向いて進言しても聞き流すくらいだから、伊勢屋からの忠告くらいで心を動かすはずがない。おそらく井伊家の家臣のほうが、当主よりやきもきしているのではないか。

「やっぱし先生に頼るしかあらへん」

直弼が真摯《しんし》に耳を傾けるのは、主膳の言葉だけである。

「早急に連絡をとっていただくよう、菅谷さまに頼んできました」

「すぐに事を起こすこともないやろけど、油断は禁物やで。先生がおらんのやったら、あんたのつてで浪士の居所を突き止めて、お上にはよ捕まえてもらわな」

母に檄《げき》を飛ばされて、帯刀は拳を握りしめた。しばらく話し込んで帰ってゆく。

ひとりになると、動悸が再び激しくなった。

もしかしたら、些細《ささい》な罪で命を奪われ、苛酷な責めをうけた人々の怨嗟《えんさ》が、胸をゆさぶっているのかもしれない。そう。その声に追い立てられて江戸まで来てしまった。こんなにも怯えているのは、水戸浪士だけでなく死に追いやられた者たちも一緒になって直弼の命を狙っていることを、自分が知っているせいなのだ。

這って行って、廊下とは反対側の障子を開けた。庭と呼べるほどの代物ではないが、縁側の向こうの隣家との間にわずかな空間があって、鉢植えの南天やら梅の木やらが雑然と置かれていた。日当たりが悪いせいか、しおれているものも枯れているものもある。あたりは灰色に沈んで、風が木戸をゆらす音が聞こえていた。

可寿江は障子の桟につかまって立ち上がった。ここで不景気な庭を眺めているくらいなら出かけたほうがいい。足腰がだるいし、おまけに冬に逆戻りしたような寒さだが、それでもじっと座っているよりはましだった。

江戸へ発つ日、京ではもう桜が蕾《つぼみ》をつけていた。江戸も三月に入れば暖かいと聞いていたので、防寒具は持っていない。包んでいた荷物を出して、風呂敷を首に巻いた。

玄関で声をかけたが、だれも出て来ない。

台所へまわってみる。そこにも人はいなかった。夕餉《ゆうげ》の仕度に取りかかるにはまだ早いから、どこかで掃除か片づけでもしているのだろう。

勝手に樽の酒を飲んだ。柄杓《ひしゃく》でたっぷり三つ。勝手口を出ようとして引き返し、もう一杯あおった。

酒好きになったのは直弼と別れて以来だ。無茶な飲み方をするようになったのは、主膳の密偵をつとめるようになってからである。

わずかながら動悸が鎮まった。寒さも和らいで、足腰も軽くなる。

主膳はどこにいるのかと考えながら、いつもの道を歩いた。主膳がいようがいまいが、行くところといえば井伊家の屋敷しかない。

小者をつれた武士とすれちがったり、中間者《ちゅうげんもの》が急ぎ足で追い越して行ったりするだけで、濠沿いの道はひっそりとしていた。烈風ばかりが我が物顔に吹き荒れている。

城を望む景色は薄墨で描き殴った絵のようにかすんでいた。壊れた笛の音さながら風音が聞こえるほかは、井伊家の屋敷も静まり返っている。槍を手にした門番が二人、寒そうに足踏みをしていた。

表に立っているのは二人でも、裏手の詰め所には中間者や侍衆が待機しているはずだ。これだけの広壮な屋敷である。内部に手引きする者でもなければ、屋敷へ忍び込んで直弼の居所を探り当てるのはまず無理だ。といって赤穂浪士のように夜討ちをかけるなら、四十、五十の浪士では埒《らち》が明かない。

やはり狙われるのは外出した際、ということになる。

登城の行列が出て来るところを思い描いてみた。主君の駕籠を囲むのは六、七十名の家来だ。井伊家の供目付、河西忠左衛門は剣客として聞こえている。

刺客は斬り込めようか。

門前を通り過ぎ、行列のあとをつけているつもりになって歩いた。往来の人々がいぶかしげな目で眺めてゆく。風呂敷を首に巻いた女があたりを見まわしながら一歩一歩地面を踏みしめて歩く姿は、気が狂《ふ》れているように見えたのだろう。

なんと見られようと平気だった。頭には直弼しかない。

杵築藩邸前の、直弼の駕籠を見送ったところまで来て足を止めた。あのときは一瞬、駕籠が止まり、目が合ったような気がした。思い出しただけで体が熱くなる。

もし、自分が刺客で、すかさず飛び出したらどうだろう。

たちどころに取り押さえられる。

一人ではなく、今朝がた見かけた武士の一団だったらどうか。

やはり同じことだろう。斬り合って双方に怪我人は出るかもしれないが、武勇でならす井伊家の家臣が易々《やすやす》とやられるはずがない。

歩いてみて少し気が晴れた。よほどの不運に見舞われないかぎり、直弼は安全である。

桜田御門まで行って引き返した。門番がちらちらとこちらを眺めている。

同じ場所に突っ立っているわけにもいかないので、海鼠塀に沿って屋敷の周囲を歩いてみることにした。辻番所を横目で眺め、裏門を通り過ぎ、途中何度か足を止めて、このあたりは中奥か奥御殿かと想像をめぐらせた。この中のどこかに直弼がいると思うと、それだけで胸が高鳴る。

奥御殿には篠山侯信豪《のぶひで》の妹で、直弼が世嗣となって江戸へ上ってのちに入輿《じゅよ》した御簾《ごれん》中《じゅう》がいるはずだ。御簾中には子がない。

子をなした側室は三人。埋木舎時代に迎えた静江、江戸へ出てから側室にした里和《さとわ》、藩主となってのちに迎えた勝。主膳の話では、まだ子はいないが、ここ二、三年寵愛されている年若い側室がもう一人。

静江が直弼の初子を産んだと聞いたときは、嫉妬のあまり逆上した。短刀を握りしめ、このまま埋木舎へ駆けて行って、直弼と差しちがえて死んでやろうとさえ思ったものだ。水戸浪士が井伊家の屋敷へ討ち入ることを思えば、あっけないくらい簡単である。

ところがよくよく聞いてみると、ややこは死産だった。拍子抜けして、というのか、さすがに激する気持ちも薄れてその場は思い留まったのだが……。静江への妬心、直弼への未練はその後も可寿江を苦しめた。

このとき心を鎮めてくれたのが、当時、京、近江、伊勢や紀伊を行き来していた主膳だった。

主膳は事情を呑み込んだ上で、まずは和歌のやりとりで可寿江の気持ちをほぐし、辛抱強く愚痴の聞き役となり、可寿江との関係を言い立てて直弼に喜捨をせびる般若院の院主・慈算のもとから直弼の従兄弟《いとこ》の寺である福田寺《ふくでんじ》へ、可寿江の身柄を移してくれた。その後も厄介事を一手に引き受け、帯刀を慈しみ、可寿江の後ろ盾になってくれた。ただし、それは自分のためではない。直弼のためだ。いや、もっと言うなら、直弼に取り入って己の野望を果たすためだ。

主膳とはそういう男である。

昨年、主膳は長年連れ添った妻の多紀を病で失った。多紀は伊勢国宮前村滝野の豪農の娘だ。出戻りでしかも五歳年長の多紀を主膳が娶《めと》ったのは、本居宣長の国学書をはじめとする膨大な蔵書や、各地に住む富豪の親戚縁者、京のしかるべき筋への縁故を利用するためだと、可寿江はとうに見抜いていた。妻のもとへはごくたまに顔を出すだけで、夫婦は共に暮らしたことがない。

今ならわかる。主膳が自分の後ろ盾となったのは、直弼の思い人であり悔恨の種でもある女を掌中に置くことで直弼に恩を売り、信頼を得るためだったのだと。

足を止めた。

可寿江は向きを変え、裏門へ戻る。

「お訊ねしたいことがあるのやけど」

人のよさそうな門番に声をかけると、門番は目を瞬いた。

「うちは先生……やのうて、長野主膳義言はんの在所の者で、滝野から出て来ましたのや。お取り次ぎ願えんやろか」

「長野さまなら紀尾井坂の中屋敷におられる」

門番は警戒するふうもなく答えた。

「逢うてもらえますやろか」

「昨日お見かけしたゆえ、江戸におられるはずじゃ。取り次ぎの者に素性を話せば逢うてくださるじゃろう」

可寿江は礼を述べて引き下がった。

やはり主膳は江戸にいるのだ。母子がなぜ江戸にやって来たかとうに知っていて、居留守を使っている。主膳を知り尽くしている可寿江には、主膳が自分に逢いたがらない理由が容易に推測できた。

昨夏、主膳は心ならずも江戸へ帰された。安政の大獄は終わった、もうよいと言われただけで、直弼から手柄を褒める言葉はなかった。己の働きを過小評価されたと思ったのか。

苛酷な処罰に世間の批判が集まり、直弼は浮かぬ顔である。それが気に障ったのか。一を十にして伝え、疑わしい者には厳罰で臨むよう進言してきた主膳にすれば、やりすぎたと直弼が後悔するのがなにより怖い。この不安定な時期に、密偵として片棒を担いだ女に出て来られては迷惑千万にちがいない。

直弼と主膳の蜜月は終わろうとしているのではないか。主膳は今、直弼の関心を自分へ向けぬよう、亀の子のように身をちぢめているのかもしれない。

中屋敷まで足を伸ばしたところで、息子と同様に追い返されるのは目に見えている。

一旦おさまっていた風がまた吹きはじめた。いつのまにか、足元もおぼつかないほど暗くなっている。

可寿江は、自分と直弼とを隔てる黒い塀を見上げた。

そろそろ夕餉の時刻だ。直弼は一汁二菜の食事をとり、わずかな酒をたしなむ。それから書見。埋木舎にいた頃は片っ端から本を読んでいた。国学書や茶道、和歌の本だけでなく、異国について書かれた本を読み漁っていたものだ。

書見のあとは囲碁でもしてくつろぐのだろうか。危急のときだから、家老や用人と密談をするかもしれない。それから寝仕度をして寝所へゆく。

今宵《こよい》、直弼の胸に抱かれるのはだれだろう。里和か勝か、年若い側室か。

海鼠塀を立てまわした表長屋、隔てるものはそれだけなのに、京にいたときより直弼が遠い人のように思えた。

もう一度、はじめからやりなおすことができたら――。

転ばぬように足元に視線を落とす。

下を向いて歩いていると、涙と鼻水が落ちてきた。洟《はな》をすすり、風呂敷で涙を拭く。

宿へ戻ったら酒を飲もう。今度は燗《かん》をしてもらって。熱い酒が腹を満たせば、気分もしゃんとするはずだ。今後の策を練る気力もよみがえるかもしれない。

甲冑《かっちゅう》でもまとっているかのごとく体が重かった。焼《や》き鏝《ごて》を当てられたように額が熱い。足はふわふわと頼りなかった。風が吹くたびに飛ばされそうになる。

これまでだって、手探りで歩いて来たのや。

朦朧《もうろう》としはじめた意識の中で両手を泳がせた。つかめそうでつかめない。ゆるぎない後ろ姿が足早に歩み去ってゆく。可寿江は幻に追いすがった。

五

正月の晦日《みそか》である。

福田寺の庫裏《くり》の縁側の日溜まりで、可寿江は帯刀、当時まだ常太郎と呼んでいた息子が木刀をふるう姿を眺めていた。

常太郎は九つになる。気性の激しいところは母譲り。学問好きは、本人にはまだ打ち明けていないが、金閣寺住職の血を受け継いでいるせいだろう。

昨年、常太郎は幼いながら主膳の門弟となった。主膳が彦根にいるときは、母子机を並べて和歌の手ほどきをうけている。

「母さま、見てください。敵をたおします。やあっ」

息をはずませ、頬を紅潮させて、常太郎が青桐の枝に一撃を加えたときだった。

寺門の方角で馬のいななきが聞こえた。

「おや。お武士《さむらい》さんや」

可寿江は腰を浮かせた。

福田寺の住職、本寛上人は直弼の従兄弟で、学友でもある。城や埋木舎へ招かれたり、または直弼の家来が寺を訪ねて来たりと行き来は頻繁だった。

「見て参ります」

常太郎は木刀を放り、飛び出してゆく。

いつもなら真っ先に応対に出るはずの小坊主の声が聞こえないところをみると、上人は小坊主をつれて出かけているのか。

常太郎はすぐに駆け戻って来た。

「お武士さまが母さまを呼んで来てくれと言うてはります」

小首をかしげている。

「お名をうかごうたんか」

妙に思って訊ねると、常太郎は首を横に振った。

「ま、ええわ。行ってみるさかい。あんたは稽古してなはれ」

可寿江は玄関へまわり、下駄を履いて表へ出た。本堂と庫裏を隔てる木戸を抜けて寺門へ向かう。

門前に男がいた。こちらを眺めている。

「若君はん……」

だれかわかるや、可寿江は息を呑んだ。

門をはさんで二人は見つめ合った。

直弼は唇をゆがめる。

「もう若うはない」つぶやいて頬をゆるめ、「久しいの」と、今度は親しみのこもった声で言った。

可寿江は小さくあえいだ。

「ご健勝のご様子、なによりでおます」

体も声もふるえている。

「そのほうも元気そうだの。あれから何年になるか」

「四年どす」

「月日の経つのは早いものじゃ。もっとも余には長かったが」

「うちもや、十年にも二十年にも思えました」

直弼が門内に入ろうとしないのは、己を律しているからか。家来は寄越しても、直弼自身は一度も寺を訪れたことがない。

四年見ないうちに、直弼は体つきが引きしまり、顔つきも鋭くなったように見えた。育ちのよい初《うぶ》な若者の面影はどこにもない。

「話があって参った。が、ゆるりとしておる暇はない。そこの……」

と、顎を横へ向けた。

福田寺の一隅には雑木林がある。人目につかぬ林の中で話がしたいと言うのだろう。

藩主直亮が二人のことをどこまで気づいていたのか、可寿江は知らない。だが、般若院と直弼方の間で揉め事があったというのは聞いていた。主膳のお陰で福田寺へ移り、こうして平穏な日々を過ごしてはいるものの、二人を取り巻く状況は四年前とたいして変わってはいないのだ。一緒にいるところを人に見られてはまずい。

直弼は返事を待たずに歩き出した。

可寿江もあとにつづく。

欅《けやき》の木に馬がつながれていた。直弼は供も連れず、たった一人でここまで馬を飛ばしてやって来たのだ。

いったいなにごとやろ――。

不安になった。四年前のあのとき、ひと目でいいから逢わせてくれと、懇願したのに叶《かな》わなかった。今頃になって逢いに来るとは、よほどの事情があるにちがいない。

雑木林に足を踏み入れると寒気が肌にしみた。淡い陽射しは梢をきらめかせているだけで、地上の二人には届かない。

だが、背筋がぞくぞくするのは寒さのせいではなかった。

「お話とはなんでっしゃろ」

待ちきれなくなって、可寿江は訊ねた。

直弼は足を止め、樹木の幹に片手をかけた。梢を見上げる。

「江戸へ、行くことになった」

「行く、とは……」

「もはや埋木舎へは戻らぬ、ということだ」

「若君はんがお世継ぎに……」

「江戸より急使が参った。明朝、出立する」

正月十三日に世嗣の直元が病死した。その話は数日前に可寿江も耳にしていた。直亮に子はいない。直弼以外の兄弟は全員他家の養子になっているから、直弼が世嗣になる公算は高かった。が、十四男であり、本人の口から何度となく埋木舎で生涯を終えると聞かされてきた可寿江は、そこまで考えが至らなかった。たまたま正月の十六日に静江が第三子を産み、今回ははじめて死産ではなく元気な赤子だというので、そちらの方に関心が向いていたせいもある。

世嗣は江戸に住むのが決まりだ。江戸へ行ってしまえば、藩主となって参勤交代で入部するまで郷里の土を踏むことはない。

この四年間は逢えなかったが、それでも直弼が近くにいる、いざとなれば逢えるところにいるということは、可寿江には唯一のなぐさめだった。これからはどうあがいても手の届かぬ人になってしまう。

「ご出世、おめでとさんどす」

衝撃の大きさを押し隠して、可寿江はこわばった顔で祝いを述べた。

直弼は木の幹を叩いた。

「思いもよらぬことが起こるものだ。余が世嗣になるとはのう」

「思うようにいかへんのが人の宿命《さだめ》どす」

直弼はちらりと可寿江を見た。

「いかにも。人には宿命がある。宿命には逆らえぬ。余も、逆らうまい」

決別の言葉だった。

今日、おそらく家臣の目をごまかしてまで埋木舎を抜け出して来たのは、最後のひとことが言いたかったからではないか。考え抜き、悩み抜いて、自分の口で覚悟を告げることにした。それとも、今生の別れにひと目逢いたかったのか。

もしも逢えたら、ああも言おう、こうも言おうと思っていた。直亮の妾であった事実をなぜ打ち明けられなかったのか、その訳を話したい。幾人もの男と契りながらこれまでいかに空しい思いをしてきたか、直弼と出会ってどれほど心が満たされたか、生涯でただ一度の恋だと伝えたい。そう思い詰めていたのに――。

言葉が出てこなかった。呆けたように突っ立っていたのは、あまりに多くの思いがいちどきにあふれ出ようとして、鳩尾《みぞおち》のあたりでつかえてしまったせいだろう。

直弼は向き直った。肩を抱き寄せようとしたのか、手を取ろうとしたのか、そんなふうにも見えたが、顔をゆがめただけで背を向けた。

「達者に暮らせ」

「……若君はんも」

行かせたくない。せめてもう一度抱かれたい。

すがりつこうとしたそのとき、直弼はきっぱりと付け加えた。

「執心を残すな。いずこへなりと再嫁せよ」

言い終わらぬうちに歩き出している。

林はひときわ暗くなった。冬枯れの樹木は氷柱《つらら》のようだ。

直弼が日向《ひなた》の道へ出てゆくのを、可寿江は呆然と見送った。

しばらくすると馬のいななきが聞こえた。足音が遠ざかるのを待って、のろのろと林を出た。寺門をくぐり、木戸を抜けて、庫裏の庭へ戻る。

常太郎が勢いよく駆けてきて、腰にしがみついた。

「お母はん……どこかへ行ってしまったのかと思うたわ」

見知らぬ武士が母を連れ去ったと思ったのだろう。

息子を抱きしめた。

「どこへ行くんや。嫁《い》かへんえ。金輪際。お母はんはどこへも」

直弼にはああ言われたが、執心は捨てられない。再嫁するなどとんでもない。これで終わりだとは断じて思いたくなかった。

たとえ二度と逢えなくても、直弼を想いつづけよう。

それが自分の宿命だと、可寿江は思った。

六

「行かへん、どこへも行かへん……」

うなされていたらしい。

薄目を開けると、帯刀の顔が見えた。

「よかった。熱が少し下がったようです」

可寿江の額から濡れ手拭いをはずし、自分の手をのせる。母に似て指の細い、男にしては華奢《きゃしゃ》な手である。

「けどなんで……」

可寿江は身を起こそうとした。

帯刀は首を横に振って、寝ているようにと押し止めた。

「夕餉の時刻になっても帰らぬので旅籠の者たちは案じていたそうです。やっと戻ったと思ったら玄関口で倒れ込んで。医者の話では、旅の疲れが出たところへ風邪を引き込んだとのこと、心配はいらぬそうです」

仲居は伊勢屋から遣いが来たことを覚えていた。旅籠ではすぐに伊勢屋へ知らせをやった。

「あいにくわたしは出かけていたので、やえさんが駆けつけ、さっきまでついていてくれました」

やえさんとは伊勢屋の女中頭で、可寿江も顔見知りである。

「なぜ母上も一緒に伊勢屋へ泊まらぬのかと文句を言っておりました。ですが、この熱ではすぐに移すというわけにもゆかず」

「伊勢屋はんには、よけいな心配させてもうたなぁ」

可寿江は眉をひそめた。

密偵役を務めるようになってから、母子は別々に宿をとるようにしている。身の安全を計るためだ。それにもうひとつ、伊勢屋は直弼と可寿江の関係を知っているので、なんとなく気詰まりでもあった。

「どこへ出かけたのですか。体が冷えきっていたそうですよ」

帯刀は枕辺に置かれた水桶に手拭いをつけ、手早く絞《しぼ》って母の額にのせた。

「お屋敷のまわり、歩いてたのや。妙なもんがいたら知らせよ思うて」

「無茶なことを」

「あんたのほうはどうや」

「そのことなのです」帯刀は身を乗り出した。「実は急いで知らせようと思ってここへ参ったのです」

やえが母を看病しているのを見て驚いた。やえを帰し、母が目覚めるのを待っていたが、うなされていて一向に目を開けない。起こそうか起こすまいか迷っていたのだという。

「なにがあったのや」

「事態は思った以上に逼迫《ひっぱく》しています。昨夜につづいて、今宵もやつらは密談をしておるようです。場所は品川あたりというだけで定かではありませんが、首謀者の一人、関鉄之介に近い筋から入った話では、数日中に事を起こすつもりだとか」

可寿江は勢いよく身を起こした。額から手拭いがすべり落ちる。

「そこまでわかっていながら、お上《かみ》はなんで捕まえんのや」

「このことはまだ公儀の耳には入っておらぬはずです。万にひとつ入っているとしたら、なにを企んでおるのか、どやつがどう糸を引いているのか、明らかになったところで一挙に捕らえようと泳がせているのでしょう」

「なにを企んでいるか……。決まってるやないか。お殿はんのお命を狙うておるのや」

可寿江は尖った声を出した。

水戸浪士の動きは忙《せわ》しい。数日中に直弼は襲われるかもしれない。そうと知って、ぐずぐずしてはいられなかった。

「今、何刻や」

「五つ（午後八時）になります」

「もうそないに」

井伊家を訪ねるには遅い。深夜、武家屋敷町をうろつけば見咎められる。といってこのまま放ってはおけない。

「先生に逢うのや。浪士が集まって事を企てる。数日中にきっと異変が起こる。登城を取りやめるなり、警護の人数を増やすなり、なんとしてもお殿はんをお守りするよう言うて来なはれ」

「先生はお留守ですよ。菅谷さまでは話が」

「いえ、おられます。先生は江戸におられるはずや」

帯刀は目をみはった。

「まさか。菅谷さまは……」

「居留守を使うておるのや。うちに逢いとうないだけや。けど、今はそないなことを言うてるときやおへん。先生からお殿はんに言うてもらわな」

ここからいくらも離れていないところに直弼がいる。その直弼に危難が迫っていると知りながら、主膳を頼るしか方法がないとは歯がゆい。

「他に手がないのや」

「また居留守を使われたら」

「危急の時や。返事をもらうまで帰らんとがんばるのや」

体さえ動けば自分で行きたいところである。

可寿江は荷物の中から矢立と紙を出させ、主膳宛に文を書いた。直弼に逢うつもりもないし、主膳を煩わせるつもりもない。直弼の身が安全であることさえわかれば速やかに彦根へ帰る、と書き添えた。

「さあ、一刻も早う」

帯刀を急き立てる。

息子があわただしく飛び出してゆくや、床に突っ伏した。

冷や汗がにじみ出る。熱がぶり返したのかもしれない。手拭いを拾い上げて額にのせ、仰向けになって目を閉じた。

主膳は、頼るに足る男だろうか。

世嗣となり江戸へ行くことになった直弼と福田寺の雑木林で別れの言葉を交わしたのは、弘化三年の正月晦日だった。それから今日までに二度、可寿江は直弼に逢っている。いずれも主膳の手引きだった。

一度目は嘉永四年の六月、直亮が病死をしたために直弼が家督を継ぎ、藩主として彦根へ初入部した際だ。入部早々、直弼は坂田郡の巡見に出かけ、主膳を伴った。そのとき、可寿江は主膳に呼ばれ、ひと夜を——といっても一刻（二時間）ほどの短いときを、直弼と共に過ごした。直弼と主膳との間であらかじめ話ができていたのかもしれない。目の上のたんこぶだった直亮が死んだので、大胆な謀《はかりごと》ができたのだろう。

あの夜のことは今でも夢としか思えない。

二度と逢えぬと覚悟をしていたので、主膳から知らせをもらうや驚きあわて、ただもう胸が高鳴って人心地もしなかった。宿泊先の名主の家の離れへ村女に身をやつして忍び入り、五年ぶりに直弼の顔を見たときの感激。うわずった声で思い出話に興じ、気がつくと半刻以上が経っていた。

その夜、可寿江は直弼に抱かれた。短い逢瀬を惜しむように。失われた時を埋め合わせるように。四十二の女と三十七の男は歳を忘れた。

二度目はそのまた四年後、安政二年（一八五五）の秋だ。江戸詰を命じられた主膳と共に江戸へ下り、たった一度、それもほんのひと目、拝謁の栄によくした。主膳がわざわざ可寿江を直弼に逢わせたのは、主膳の片腕として働けば直弼のためになるのだということを再確認させるためだろう。これが密偵役のはじまりだった。

直弼と可寿江と主膳。思えば、不思議な縁《えにし》である。

二十年にわたる長い歳月を費やしながら、可寿江はいまだに主膳がなにを考えているかわからなかった。

物思いにふけっていると、仲居の声がした。

帯刀である。思ったより早い。

「どうやった」

身を起こそうとして顔をしかめた。頭がずきりと痛んだ。

「そのままで。よい知らせです」

帯刀は息をはずませた。

「明朝一番に先生と面談する約束を取りつけました」

夜分のため主膳には逢えなかったが、明朝五つ半に訪ねて来るようにと、主膳は萱谷に言づてを託した。可寿江の文にも目を通した由、早う病を治せと、ねんごろな見舞いの言葉もあったという。

「これで安心や。はるばるやって来た甲斐があったなあ」

可寿江は両手を合わせた。

なんといっても主膳は直弼の恩師、重臣、懐刀でもある。主膳が理を尽くして説き伏せれば、直弼も大老を辞すなり外出を控えるなり、我が身の安全を計るにちがいない。

「今夜はゆっくり寝《やす》んでください。明朝は話が済み次第、報告に参ります。そのあと母上を伊勢屋へお移ししましょう」

病が長引けば旅籠にも迷惑がかかる。

「頼んだえ。いつなにがあるかわからんのや。そのことをきっと先生に……」

「わかっています。お任せください」

凍りつくような寒さですから表へ出ないように、と言い置いて、帯刀は帰って行った。

これでどうにか眠れそうだ。頭がずきずきしてまだ熱っぽく、考えもまとまらないが、あとは息子と主膳に任せておけばよい。

それにしても、なんと長い一日か——。

目を閉じた。御門のそばでたむろしていた不審な武士《さむらい》衆、水戸藩邸の延々とつづく海鼠塀、面前で止まった駕籠、突き刺さるような視線……ひとつひとつ思い起こしているうちに、可寿江は寝息をたてていた。

七

安政七年三月三日は季節はずれの風雪とともに明けた。

風が唸っている。

真っ先に耳に入ったのは、木戸のカタカタいう音だった。ぼんやり天井を眺める。少しずつ頭がはっきりするにつれ、昨夜の出来事がよみがえった。

そう。すべて上手くいったのだ。帯刀の報告を聞けば、主膳も手をこまねいてはいられまい。主膳が危急を知らせれば、井伊家は騒然となるだろう。

安堵してよいはずだった。だからこそ、夢も見ないで熟睡できたのである。

それなのに——。

なにかが引っかかっていた。

喉に小骨が刺さっているような、痒いところに手が届かぬような、そんな感じ。

どこかに重大な落度があるのではないか。

こんなときは一杯ひっかけるにかぎる。仲居を呼ぼうと身を起こした。体はだるいが、ありがたいことに頭痛は消えている。

今、何刻か。まだ薄暗いから明け六つ（午前六時）くらいか。台所ではちょうど朝餉の仕度に忙しい時分だ。

昨日の朝、台所で酒を飲んだときは、仕度ではなく片づけでてんてこまいをしていた。登城の時刻に間に合うように出かけたのだから、五つ半より四半刻（三十分）ほど前だろう。

可寿江は「あっ」と声をもらした。

帯刀が主膳と面談するのは五つ半。今朝の登城には間に合わない。この悪天候によもや事が起きるとは思えないが、万にひとつ、ないとは言い切れなかった。

――思いもよらぬことが起こるものだ。

――思うようにいかへんのが人の宿命どす。

遠い昔のやりとりがよみがえる。

そう、悪天候のほうが事を起こしやすいとも言える。劣勢であればあるほど、天候や時刻、地形等に勝敗を託すものだ。悪条件を逆手にとっての奇襲は合戦の倣《なら》いである。

考え出すと抑えがきかなかった。悪いほうへ悪いほうへと思いが飛んでゆく。病がぶり返したように顔が火照ってきた。

直弼に急を知らせなければ……。

どうすればよいのか。今となっては屋敷内への投げ文の他に手段はない。外から投じられた訴状は、家臣といえども勝手に開いてはならぬと定められていた。直接、直弼の目に留まる公算が大きい。

紙を取り出した。昨夜、主膳に文を書いた。今度は直弼宛の文である。

どう書いたら切羽詰まった状況が伝わるか。策を講じる気になってもらえるのか。

思案の末、単刀直入に、

「本日、水戸浪士襲撃の怖れあり。警戒されたし」

と書いた。

「お命を失わばなすべき業もなせませぬ」

と書き添えた。

これを読めば、いや、筆跡を見ただけで、直弼には投げ文をした人物がわかる。昨日、もし駕籠の中から可寿江の姿を認めていたとしたらなおさらだ。ただの悪戯《いたずら》とは思うまい。少なくとも警戒を怠らぬはずである。

文は直弼宛の封書とした。

ふところへ隠し、寒さしのぎに着物を重ね着して玄関へ出てゆくと、いつもの仲居に呼び止められた。

「あれ。お加減はよろしいのですか」

伊勢屋の知り合いとわかったので愛想がいい。

可寿江は昨日の礼を述べた。

「病み上がりだというのに、そのなりでお出かけになるおつもりですか」

「ほんのそこまでや。すぐに戻ります」

「雪が降ってますよ」

「雪……」

三月に雪とは珍しい。

「それじゃ濡れ鼠になって、凍え死んでしまいます」

どうしても出かけると言い張ると、仲居は傘と木綿合羽を差し出した。

「すぐにお戻りくださいましよ。雪の中へお出ししたとわかったら、あたしが伊勢屋さんに叱られます」

四半刻で戻ると可寿江は約束した。文を投げ入れるだけだ。さほど時間はかからない。

その後は、一旦戻って朝餉を食べよう。昨夜から白湯《さゆ》しか口にしていないので、体に力が入らなかった。

仲居に見送られて旅籠を出た。

春の湿った雪が降りしきっている。ときおり突風が吹きつけ、紙吹雪のように舞い散った。まだ積もってはいないが、視界がわるいので歩きづらい。

脇目も振らずに歩いた。胸の中で自分の声が急げ急げと急き立てている。

直弼を慕い、直弼と共に生きてきた二十余年の、今が正念場のような気がした。水戸浪士がどうあれ、直弼に文を投じて危険を知らせることが、埋木舎ではじめて出会ったあの日、自分に定められた「なすべきこと」だったのではあるまいか。どうしてもっと早く投げ文を思いつかなかったのかと、可寿江は悔やんだ。

早朝なので往来は森閑としている。

井伊家の屋敷が見えた。表門の方へは行かずに、右手へ折れて塀沿いに裏へまわる。幸い昨日屋敷のまわりを一周していたので、どのあたりがよいか、すでに考えは決まっていた。

二階建ての表長屋が途切れたところ、といっても庭隅では意味がない。下手に投ずれば積雪に埋もれてしまう心配もある。

通用門の近くまで来て、しばらく様子をうかがった。

中間や商人が出入りするたびに潜《くぐ》り戸が開く。その都度、門番が呼び止めて身元を確認する。吹雪《ふぶ》いているので人の姿は見分けにくい。

道の向こうから商人がやって来たのを見て、今だ、と思った。ふところから文を出そうとしたが、合羽を着ているので簡単には出ない。もし合羽を着ていたら抜刀するにも手間がかかるのではないかと、ふっと不安になった。

ようやく文を取り出す。

商人の後について潜り戸へ近づいた。門番と商人が立ち話をしている間に、素早く門内へ文を投じて逃げ去る。

背後で門番の呼び声が聞こえたような気がしたが、風の咆哮《ほうこう》にかき消された。屋敷が見えなくなるまで小走りに駆け、だれも追いかけて来ないとわかってほっと息をついた。

これでいい。門番は投げ文を直接、直弼に届けるはずだ。

直弼はちょうど起床した頃だろう。六つ半（午前七時）には起きて洗面、朝餉、入浴、医師の診断、それから身支度をして広敷へ行き、御簾中と共に先祖の位牌に礼拝するのが毎朝の決まりである。

文を一読して直弼はどんな顔をするかと、想像をめぐらせた。

目をみはり、首をかしげ、もう一度熟読する。可寿江の顔を思い浮かべ、深い吐息をもらすのではないか。

気が張っていたので、旅籠へ戻るまでは寒さを感じなかった。

玄関で傘と合羽の雪を払い、合羽だけ丸めて小脇へ抱え部屋へ戻る。足も髪も濡れていた。急に寒さを覚え、歯を鳴らしていると、仲居が気をきかせて火鉢を据えてくれた。灰をかき立て、両手を火にかざす。

「ご無事でようございました」

仲居が朝餉を運んで来たので心付けを握らせた。

「すまないけど、燗しとくれやす」

「まずは朝餉を召し上がってくださいよ。消え入りそうじゃありませんか」

温かい飯と汁、香の物だけの朝餉だが美味だった。

直弼もこれに一菜つくかつかないか、大差ない朝餉をとっているはずである。質素倹約は井伊家の家風だ。埋木舎で慎ましい暮らしをしていた直弼は、とりわけ贅沢を嫌う。

投げ文をしたせいで、今朝は直弼が身近に感じられた。楽しかったあの頃の、若き日の面影がしきりに思い出される。目の前に直弼がいるかのようだ。

仲居が銚子を運んできたので、手酌で酒を飲んだ。

あっけないほど早く酔いがまわったのは、病上がりのせいだろう。

「こうしてお殿はんと差しつ差されつ、飲みとおます」

ろれつのまわらぬ声で直弼の幻影に話しかけた。

「うちももう年や。江戸へ来てつくづく思いましたえ。彦根へ帰ったら、和歌でも詠んで、静かに暮らしとうおます。ほんまにもう、死ぬまで、お逢いすることはありまへんやろなあ」

昔は直弼から一方的に別れを宣言された。今になってやっと、別離という言葉が腑に落ちた。今度こそ自分から身を退《ひ》ける。

二つ三つと銚子を重ねた。熱い酒が腸《はらわた》にしみた。不吉な予感が薄れ、孤独も癒《いや》されて、心地よく体がゆれている。いつしか猫板の上にうつぶせになっていた。

どれくらいそうしていたのか。

はっと顔を上げた。

火鉢の炭がくすぶっている。

立って行って障子を開けた。

雪はまだ降っていたが、風はさっきより弱まっている。隣家の庇《ひさし》にも、植木鉢の枯れかけた草木にも、うっすらと雪が積もっていた。

もしや、うとうとしていて、登城の時刻を過ぎてしまったのではないか。

合羽をひっつかんで玄関へ向かう。顔をしかめて濡れた草履を履き、湿った合羽をはおった。先刻、置き捨てていった傘をさして表へ飛び出す。

濠沿いの道を早足で歩いた。

この三日間で、同じ道を何度行ったり来たりしたことか。

早朝歩いたときは、吹雪いていたので四方が見えなかった。今は純白の景色が見えた。他の色はことごとく白に溶け、白に煙り、白に覆われて目に入らない。

思わず息を呑んだ。胸の奥で不穏な音がしていたが、それすら忘れてしまうほどの神々しさだ。

しばらく行くと、遠方に行列が見えた。直弼の登城の行列だろう。雨合羽をまとった一団が黙々と歩いている。

では、直弼は投げ文を読まなかったのか。それとも読み捨てたのか。ここからではわからないが、なにか策を講じているのかもしれない。

ともあれ登城はとりやめなかった。

あの人はいつもそうだったと、可寿江は唇を噛んだ。白い道をまっすぐに乱れなく歩いてゆく。一旦決めたが最後、冷徹なまでに己が意志を貫き通す。

行列は杵築藩邸の門前に差しかかろうとしていた。

この様子ではなにごともなさそうだ。いずれにせよ、投げ文を読んだとしたら用心しているはず。いざとなれば直弼は居合の名手である。

足を止めた。

「ほんまに、心が洗われるようやなあ」

整然と遠ざかってゆく行列をまぶたに焼き付ける。

と、そのときだ。

銃声が響いた。

時ならぬ雁の声かと、可寿江は空を見上げる。

雪片がきらきらと舞い落ちて、大きくみはった目の中に音もなく吸い込まれた。

首《しゅ》鼠《そ》両《りょう》端《たん》

一　壁のうしろの闇で

悪い夢でもみていたのか。眉間にしわをよせ、冬だというのに汗ばんだ首を左右に輾転《てんてん》とさせていたようだ。幼いころからよく熱を出して寝汗をかくわたしには、それもめずらしいことではない。叫び声が聞こえてきたとき、夢か現《うつつ》か判然としないまま、しばらく天井に広がる未明の闇を見つめていた。

早暁七つ半刻（午前五時）は夜明け前である。

叫び声といったが、実際に聞こえたか否かは確信がもてない。なぜならわたしが寝《やす》んでいたのは中奥の御寝の間で、屋敷のそこここにある御門のいずれからも離れていたからだ。そのあとの騒ぎがあまりに大きかったために、自分の耳で聞いたような気になってしまったのかもしれない。

ともあれ、異変が起こったことは疑いようがなかった。遠くのざわめきが天井の闇をふるわせ、わたしの全身にも伝わってくる。

足音がした。と、ほぼ同時に不寝番の小姓の声がした。

「殿ッ。一大事にございます」

「ん、何事じゃ」

「本所《ほんじょ》にて騒動があったもようにて」

「本所……本所となッ」

はじかれたように半身を起こした。

本所には実父の屋敷がある。となれば騒動があったのはその屋敷にちがいない。驚きはしたものの青天の霹靂《へきれき》ではなかった。わたしだけではない、この屋敷の者たちは皆、いつかこんな日が来るのではないかと胸のどこかで危惧していたのだから。

それがまさに今日、元禄十五年（一七〇二）十二月十五日とは——。

「寝込みを襲われたかッ。しかしどうやって屋敷内へ……父上はご無事か」

刺客が忍び込んだろうとわたしは早合点した。

「大挙して押し入ったようで……」

「大挙してッ。斬り合いになったのか。父上は……されば左兵衛《さひょうえ》も……」

「くわしいことは、まだなんとも」

小姓によれば、たった今、第一報をとどけてきたのは吉良《きら》邸とは目と鼻の先にある豆腐屋の主人だそうで、商売柄、未明から仕込みにとりかかっていたところ、「火事だッ」と叫ぶ声につづき、にわかに表が騒がしくなった。驚いて出てみると吉良邸内が足音や怒声で騒然としていた。何事かわからぬままに、一刻も早く知らせようと一目散に駆けてきたという。

「ただちにだれぞ……山下に留守居の者たちを集めるよう」

山下は御使番《おつかいばん》である。

「あ、待てッ。色部《いろべ》をこれへ」

「ご家老さまはご実父の服忌中にてご実家におられます」

「おう、さようであったの。されば春日《かすが》を。皆々にも大広間にて待機するよう伝えよ。余もすぐにゆく。仕度じゃ」

「かしこまってござりまする」

小姓は出てゆき、次の間に控えていた小姓たちがあわただしく洗面や髪上げの仕度をはじめた。緊急事態ゆえ朝餉《あさげ》や毎朝恒例の医師の診察は割愛するとしても、家臣団の前へ出るのに一国の主が寝乱れた姿というわけにはいかない。

小姓たちの介添えで顔を洗っていると、再び先刻の小姓が駆けてきた。

「知らせがございましたッ。ま、丸山清右衛門なる者によれば、あ、この者は裏御門の門番だそうで……やはり大勢で討ち入ったとのこと。表御門のほうで騒ぐ声が聞こえたため駆けつけようとしたところ、裏御門にもどっと人がおしよせ、大槌で門を破って突入したそうにございます。その数、二十や三十は下らぬかと……」

上気した顔で目を泳がせ、口角泡を飛ばしながらいう。

〈大勢で〉と聞いただけで鳩尾《みぞおち》に太い丸太を打ち込まれたような衝撃を覚え、わたしは半身をのけぞらせた。さっきもいったがそれは、やはり、とうとう、来たか——という怖れていたものの到来による衝撃であって、予想外の事態に遭遇した驚きとは異なる。

約一年半ほど前になるが、わたしの実父、吉良上野介義央《こうずけのすけよしひさ》は江戸城松の廊下で刃傷《にんじょう》にみまわれた。刀をふりかざして襲いかかってきたのは赤穂《あこう》浅野家の当主、浅野内匠頭長矩《たくみのかみながのり》だ。この日は朝廷の勅使を将軍家が饗応《きょうおう》する予定が組まれていた。その大切な日に、高《こう》家《け》筆頭の父と、父に教えを請いつつ饗応役を務めていた浅野内匠頭が、殿中で騒ぎを起こしたのだ。内匠頭はその場でとりおさえられた。父は額にかすり傷を負ったものの、刃向わなかったことが分別ありとみなされてお咎《とが》めはなし。一方の内匠頭は、面目をつぶされた将軍家の怒りを買ってその日のうちに切腹、お家は取り潰しとなった。

喧嘩両成敗の掟があることは承知している。が、父はわけもわからず、いきなり襲われたのだ。理不尽な話ではないか。それなのに、刃傷におよんだ理由も明らかにせず、口をつぐんだまま自裁してしまったがために内匠頭は世間の同情を一身に集め、父はまるで〈実悪〉のごとき敵役《かたきやく》にされてしまった。

もうひとつ、説明を加えておかなければならない。出《で》羽《わ》米沢《よねざわ》十五万石の大名である上杉家の当主のわたしが、直参《じきさん》の旗本にすぎない吉良上野介をなぜ〈父〉と呼んでいるのか。実は、わたしの母の富子は上杉家の娘で、吉良家へ嫁《とつ》いだ。ところが上杉家の先代が嫡子のないまま急死してしまい、わたしが上杉家の養嗣子となったのだ。

さらにいえば、吉良家ではわたしの弟が早世して後継者がいなくなったため、上杉家の――つまりわたしの――次男の左兵衛を養嗣子とした。上杉と吉良はそれほどに親密で、幾重もの縁で固く結びついている。

それはともあれ、赤穂城が開城となり、浅野家存続の願いが断たれたころから、〈赤穂の浪人衆が徒党を組んで吉良に報復する〉との噂が聞こえてくるようになった。

「たわけた噂じゃ。耳を貸すな」

父は歯《し》牙《が》にもかけなかったが、父以外の吉良家、そして上杉家の者たちは、噂を真に受け、内心では怯《おび》えていた。怯えるどころか心待ちにしている野次馬も巷《ちまた》には大勢いたようで、そんな噂を耳にするたびにわたしは歯ぎしりをした。

父はもちろん、完璧な人間ではない。どころか、欠点だらけだ。上杉の家中でさえ悪しざまにいう者は一人ならず。横柄だ傲岸だ、金遣いが荒い……等々。それでも父は父である。わたしにとっては唯一無二の実父だった。

その父が今、生命の危機にさらされている。

二　穴から首を出して

「春日与左衛門《よざえもん》にござる」

身支度が終わらぬうちに奉行、春日与左衛門元重《もとしげ》のうわずった声がした。小姓が襖《ふすま》を開けると、白髪まじりの老臣が数人の家臣を従えて平伏していた。

江戸詰の奉行は、米沢の国家老三人のうち一人が交代で務める。今回の参勤に同行したのは春日だった。年が明ければ還暦で日ごろはなにをさせてもまだるっこしい男だが、さすがに今朝は大慌てで仕度をしたのだろう、両眼が赤く、口元には銀色の髭がまだらに剃りのこされていて、緊迫の度合いがうかがえる。

「聞いたか」

「はあ。大変なことになりました」

「留守居の者たちに……」

「片桐がここへ参っておりまする」

春日は背後へ顎をしゃくった。片桐六郎左衛門忠重《ただしげ》は江戸御留守居である。

「されば片桐、ただちに本所へ」

「深沢も同道を申し出ておりまする」

深沢平《へい》右衛《え》門《もん》重昌《しげまさ》は、わたしの嫡子の御傅役《おもりやく》を務めている。

「よし。手勢を連れてゆけ。戦闘になるやもしれぬ」

「殿の仰せ、急げッ」

「されば、ごめん」

片桐と深沢、御使番の山下も席を立った。

三人を見送るや、春日はひと膝にじりよる。

「大変なことになりました」

「それは聞いた」

「はあ……いかがいたしたものか、と」

「まずは仔細を知りたい」

「豆腐屋と共に番士をやりました。今しばらくすればくわしゅうわかるかと……色部さまへも、知らせを送ってようござりましょうか」

「むろんじゃ。忌御免《いみごめん》ゆえ、すぐに戻れと伝えよ」

やはり家老の色部がいないと事は進まない。色部又四郎安長《やすなが》は春日より十以上若いが、なかなかのやり手で、実際、体の弱いわたしより、よほど家中の者たちに頼りにされている。不運にもその色部がいないとは——。

わたし独りでこの難局を乗りきらなくてはならぬのか。

「大広間で待て」

春日に今一度、家中の者たちを集めるよう命じる。

身支度をととのえるや大広間へ出ていった。

本来なら奥書院で色部と談合をした上で、必要があれば大広間へ出る……という段取りになるのだが、色部不在の今、重臣たちとやりあっている余裕はない。

大広間には春日を筆頭に用人や目付、小姓や組頭といった家臣がすでに居並んでいた。その数、四十ほど。吉良邸で騒動が起こっていることは皆、聞いているので、一様に目をぎらつかせ、拳をにぎりしめて膝をのりだしている。中には寝ぼけ眼ですっ飛んできたか、肩衣《かたぎぬ》を裏返しにつけている者まで……。

「皆も聞いたとおもうが、吉良邸が急襲された」

春日がしわ声を張り上げたとき、番士が駆け込んできた。用人に耳打ちをする。

「殿。新たな知らせが……」

「苦しゅうない。これへ」

わたしの意を受けて春日が合図をすると、番士は身を避けた。あらかじめその場に待機していたとみえ、武士が敷居の内側へ膝行した。この武士も本所から駆けとおしてきたのか、髪はざんばら、凍った積雪に足をとられたのだろう、野袴の裾は濡れて泥の跡がこびりついている。

武士は柳原《やなぎはら》五郎右衛門と名乗った。吉良邸で用心棒を雇ったとは聞かないから、吉良荘《しょう》出身の江戸詰の家来の一人だろう。首尾よく脱出して、救援を要請しに来たのだ。この際、余計なことを問いただしている暇はなかった。

「なにがあった?」

「赤穂の浪士どもが屋敷へ討ち入ってござりまする」

だれもがわかっていたことながらも、〈赤穂〉と聞いたとたん、一同のあいだから「うおうッ」「うぐぐ」と雄叫びや呻きがもれた。

柳原によると、異変が起こったのは暁七つ半（午前三時）。火事頭巾をかぶり、そろいの黒小袖《こそで》、槍《やり》や刀、鉄槌などを手にした一団が隊列を組んであらわれ、表門で「火事だッ」と叫んだ。だれも出て来ないので梯子をかけて門を乗り越えた。表門だけでなく裏門も壊され、雪崩のように侵入してきたという。

「総勢はいかほどじゃ」

「百か二百か……いや、百五十……しかとはわかりかねまする」

あまりの多さに、場は一瞬、水を打ったように静まりかえった。

「戦闘はつづいておるのか」

「拙者が屋敷から逃れたときはまだつづいておりました。双方とも手こずっておるようで……おそらく、容易には決着がつかぬかと……」

番所から役人が駆けつけて騒ぎを鎮める様子も、周囲の屋敷から救援の手がさしのべられる様子も、少なくとも柳原がその場にいるあいだはなかったという。

「父上の……吉良のご隠居は……」

「安否はいかんとも……」

深夜である。屋敷のそこここで戦闘がくりひろげられている。急襲したほうが有利で寝込みを襲われたほうが不利なのは当然だが、だれがだれを討ち取ったか、目下のところそれを知るすべはない。

「こうしてはおれぬ」

「ただちに、ご出陣を」

騒然となった。即刻、出陣すべしと、大多数の家臣たちが腰を浮かせる。

むろん、わたしもそのつもりだった。事は一刻を争う。

だがわたしが命を下す前に、春日が両手を挙げて一同を鎮めた。

「待てッ。鎮まれぃ。まずは上野介さまご嫡子さまの安否をたしかめるが先じゃ」

しわがれた声が気勢を削ぐ役を果たしたか。場が静まるのを待って春日はつづけた。

「救援の隊をととのえるあいだに……殿、医師を加えた第二陣を送り出してはいかがかにございましょうや」

柳原は戦闘がつづいているといったが、本所から桜田へ駆けつけるあいだに勝敗がついている公算は高い。となれば、怪我人も多数出ているはずで、早急に手当てをする必要があった。

わたしは春日にうなずいてみせた。

「小田切、野本、ただちに手配を」

手勢と藩医をともなって吉良邸へ駆けつけるよう命じられ、御小姓頭の小田切惣左衛門と、奥取次の野本忠左衛門が飛び出してゆく。

「殿。われらも戦仕度を」

「浪士らはここへも攻めてくるやもしれませぬ」

「赤穂の狼藉者めらを一人たりと逃さぬよう……」

そこここから激した声が飛んできた。

「火の番の芋川《いもがわ》と清野《きよの》にも知らせよ」

増上寺の火の番を務めるために、麻布の中屋敷には芋川縫殿正親《まさちか》や清野内膳範祐《のりすけ》らが詰めていた。戦闘となれば、この者たちの加勢が大いに役立つはずだ。

「うむ。だれぞ、使いを」

「拙者が参りまする」

組頭の一人が腰を上げた。飛び出してゆこうとするのを「待て」と春日が留める。

「殿、赤穂の彼奴らは死を覚悟した強者どもにござりまする。こちらも総勢で一気にかかったほうがよろしいかと……」

上屋敷と中屋敷で各々隊を成し、どこかで合流して一気に吉良邸へおもむくのが得策だと春日は述べた。反撃に出て浪人衆を一人残らず討ち取るためには、隊の人数は、武器は、何刻あれば仕度は可能か、事前の幕府への届け出はどうするのか……等々、ひとしきり議論が重ねられたのち、数人の家臣が麻布へ向かう。

「下屋敷のほうには……」

問われて、わたしは首をかしげた。

白金《しろがね》の下屋敷には祖母、母、姉……正室以外の女たちがいる。母とはわたしの実母、つまり吉良上野介の妻女で、姉も上杉家の養女になってはいるものの実父は上野介だから、女たちが吉良家の災難に動揺するのは目に見えていた。できることなら知らせたくはなかったが……。

噂に戸は立てられない。

「どのみちわかることだ。知らせよ。騒がず待つように、と」

下屋敷の動揺を思うや、ふつふつと怒りがわいてきた。

「皆々、仕度を。よいか。上杉の肝魂を見せてやろうぞ」

「おうッ」

一同の高揚した顔に自らを奮い立たせて、わたしは大広間をあとにした。

三　右を見る

奥御殿はわたしの正室、栄姫の住まいである。栄姫と共に奥の広敷で先祖に礼拝をするのは、毎朝の習慣だった。これより出陣となれば――いや、この危急の時なればこそ――あとまわしにするわけにはいかない。

栄姫は、御三家のひとつである紀州徳川家の当主、光貞《みつさだ》公の娘だ。将軍家の身内だからゆめおろそかにはできない。年齢もわたしより三つ上。紀州育ちらしく闊達なのはよいものの、思ったことをいわずにはいられぬ質《たち》で、実際、十九で入輿したときから四十三になる今日まで、わたしは栄姫に頭が上がらない。

「側室をおくことは許しませぬ」

嫁いだ早々、ぴしゃりといわれた。が、子ができなければお家は断絶である。上杉家では、先代の綱勝《つなかつ》が子がないまま急死した際に大混乱となり、舅《しゅうと》にあたる保科《ほしな》正之《まさゆき》の助力を得て、吉良家からわたしが養嗣子に入ることでなんとか改易《かいえき》を免れた。この記憶がいまだ新しいこともあって、とりわけ嗣子問題には神経をぴりぴりさせていた。

「国元なればいたしかたありませぬ」

栄姫の了解をとりつけ、わたしは米沢城に側室をおいた。お要の方と呼ばれる女が男子を二人産んでくれたので、長男を早々に江戸へともない、嫡子として栄姫に養育をまかせた。これが喜平次《きへいじ》……元服ののちは吉憲《よしのり》とも名乗っている。

もう一人の男子が吉良家の養嗣子となった左兵衛で、これも昨年の刃傷事件のあと、上野介の隠居にともない吉良家の若き当主となっていた。

そんなわけで、江戸で身をつつしんでいるぶん、わたしは米沢でのびのび暮らしていた。今ではお要の他にもお磯という側室がいる。お磯は四男一女の母で、末娘の豊姫は生まれたばかり。参勤交代で国元へ帰るときは子供たちの喜ぶ顔を思い浮かべて、土産はなににしようかなどとあれこれ迷うわたしだが、今ははじめてできた娘に対面する日を心待ちにしている。

一方、腹を痛めた子はいないものの、栄姫は嫡子の母であり、奥のいっさいを仕切っていた。何事があっても動じたことのない栄姫が、さすがに今朝は動揺していた。膝の上に束ねた指が忙しなく動いている。

「いかがあそばすおつもりにございますか」

栄姫はわたしの目をきっと見つめた。眼光はさほど鋭くない。が、双眸《そうぼう》が怖いほど澄んでいる。なにもかも見透かされてしまいそうで、たじたじとさせられる眸だ。

「どこまでお聞きか」

「赤穂の浪士どもが大挙して吉良邸へ討ち入った……と」

わたしはうなずいた。それ以上にわかっていることはたいしてなかったが、吉良邸から駆けつけた二人の話を伝える。

「目下、父上と左兵衛の安否を探らせておる」

「隊を仕立てて反撃に出られるおつもりとか」

「うむ。お二人を見殺しにはできぬ」

「さようにはございますが……」いいながら、栄姫はぐいと身を乗り出した。「将軍家のお膝元で、よもや戦をなさるおつもりではありますまいね」

「かといって手を束《つか》ねていれば、不孝の弱腰のとそしられよう」

「そうとばかりは……」

栄姫は眉をひそめた。その表情にも口調にもあからさまな非難がこめられている。

「上さまの御父上は上性院《じょうしょういん》さまにございます。なればこそ、こうして毎朝、礼拝をなさるのではありませぬか。上さまのお役目は、上性院さまより託された、この上杉家をお守りすること」

上性院とは先代の上杉家当主、綱勝のことだ。わたしの養父になるわけだが、二十六歳で急死してしまい、わたしはそのあと上杉家へ入ったので面識がない。今の自分より十四も若くして死んだ人を父と思うのはどうにもしっくりこなかった。

「さようなことは重々承知じゃ」

苛立《いらだ》ちを隠して、わたしはいいかえした。女子が口を出すなと叱りつけたいところだが、それはできない。栄姫はただの女子ではなかった。しかも、御三家と一大名家の差だけでなく、大名よりさらに格下の高家旗本の吉良家から養嗣子に迎えられたわたしは、子供のころから常に負い目を感じていて、だれに対しても強く出ることができない。

もっとも、人の顔色をうかがうのが習い性になってしまった原因の一端は、実父の上野介の度を越した干渉のせいでもあった。父は良かれと思ってしていたのだろう。心もとないわたしのためを思って。が、この上杉にはそう思わぬ者たちもいたし、彼らが正しいと思える場面も多々あった。

あれはそう、元服の儀が定まり、準備をはじめたころだった。父はだれに相談もなく京から豪勢な装束や引き出物をとりよせ、その経費を上杉に支払わせた。そのことで上杉の者たちから囂々《ごうごう》たる非難が出ていることを、わたしは偶然、耳にした。

こうしたことはその後もつづいた。面とむかって咎める者がいないので父もいい気になってしまったのか、吉良家の経費までが上杉にまわってくるようになった。わたしときたら、父にも家中の者たちにも強くいえぬまま、あっちを宥《なだ》め、こっちを鎮《しず》めて、なんとか丸くおさまるようにとただただ頭を悩ませていたのだ。

「だからといって、実父をないがしろにするわけにはゆかぬ」

「ないがしろどころか、これまで上さまはさんざん孝養を尽くしてこられました。なれどこたびのことは……」

赤穂の怨みを買ったのは父の自業自得、かかわりになるなと栄姫はいいたかったにちがいない。が、わたしのこめかみに青筋が立ったことに気づいたようだ。怒らせて、体の弱いわたしがまた熱でも出したら面倒だと思ったのかもしれない。

栄姫は戦術を替えた。

「わらわも上さまのお気持ちはようわかります。なれど早まるは禁物じゃ。万が一、喧嘩両成敗でお咎めとなったら、国元にいる、お小さいお子たちはいかがなりましょうや。どれほどお辛い思いをおさせするか……」

わたしは我が子らがなにより愛しい。もちろん親が子を愛しむのは当然だが、わずか二歳で上杉家の養嗣子となったわたしは——急死した先代だけでなく正室もすでに死去していたため——両親のぬくもりをついぞ知らない。家臣郎党にかしずかれ、吉良家の実父や実母が気づかってくれはしたものの、家族といえば祖母がただ一人。なればこそ自分の子供たちには、わたしが味わったような孤独を味わわせまいと努めていた。

「たしかにそなたのいうとおりだ。しかし、左兵衛とて我が子。養子に出しはしても、親子の絆は切れぬ」

「それゆえ早まるなと申しております。赤穂の浪士どもの敵は吉良上野介さまお一人。左兵衛さまにまで手出しはいたしますまい」

そんなことがどうしてわかるのか。いったん戦闘がはじまれば、だれもが敵味方に分かれて戦わざるをえない。自らは戦わずして養父の首を差し出したとしたら、それこそ左兵衛は世の笑いものになるだろう。

「左兵衛は武士がなんたるかをわきまえておる。父上が危ういとなれば……いや、そのことはよい。そなたのいいたいことはわかった。吉良のために、この上杉を危機にさらすな、というのだな」

「吉良さまがどうこうと申しているのではございませぬ。なれど、これほどまでに怨まれるのは、それだけのわけがおありかと……」

「ゆえに放っておけ、と」

「いいえ。早まってはならぬと申し上げております」

「しかし……」

「上さまは、いずこのご当主にございますか。上杉か、吉良か」

栄姫はおもむろに袖口を目にあて「わらわはお家を、お子たちを守りたい」と涙声でつぶやいた。栄姫が泣く姿はこれまで見たことがない。わたしは胸を衝かれ、次なる言葉を失っていた。

栄姫の涙が見せかけだとしても、上杉を守りたいという気持ちは真実にちがいない。だからこそ、なんとしても戦にならぬよう、栄姫は必死なのだ。

むろんわたしとて戦などしたくはなかった。戦国の世ははるか昔だ。この泰平の時代に、それも将軍家の江戸で、戦をはじめるなど正気の沙汰とは思えない。

そう。ここはひとつ、冷静になって考えてみるべきだろう。

「泣くでない。そなたのいうとおりだ。早まらぬと約束しよう」

栄姫を宥めながら、わたしは国元にいるお磯と子供たちを思い浮かべていた。戦となれば、米沢でのあの長閑《のどか》な日常も消え去る。それは、たとえ老父の生命を救うためだとしても、犠牲にしてよいものだろうか。

否――。

胸の内で自問自答したとたん、うしろめたさがこみあげた。なんと親不孝な……武士の風上にも置けぬ臆病者だ。安穏な暮らしにしがみつこうとしている。事なかれと願っている。どうあっても、わたしは戦いたくないのだ。

奥の広敷から中奥へ戻る足どりは重かった。

四　左を見る

中奥の御座の間では奥医師が待ちかまえていた。

「本所へはゆかなんだのか」

「手前は高齢ゆえ足手まといかと……飯田どのと有壁《ありかべ》どのが参られました」

医師はわたしの脈をとり、顔を眺めて眉を曇らせた。

「少々お熱がございますようで」

「騒ぎを聞いたはずじゃ。熱も出よう」

「横になって休まれるがよろしいかと」

「休んでなどいられるか」

わたしはかたわらに控えている小姓に、主だった家臣を今一度、小書院へ集めるよう命じた。各々出陣の仕度で忙しいようなので、皆がそろうまでのひととき、横になることにする。

「ご無理をされて馬上でご不例にでもなられれば、かえって士気に響きましょう」

などと、医師に脅されたからだ。

恥を忍んで打ち明ければ、わたしはすでに出陣する意欲を失っていた。栄姫と話をするまではただちに駆けつける気でいたのだ。あんなにも猛り狂っていたのに、あの熱い思いはどこへ消えてしまったのだろう。我ながらふしぎだ。

横になって深呼吸をくりかえしていると、なぜ自分の気持ちが変化したか、その理由がわかってきた。父の安否が知りたい。左兵衛の安否も。二人をなんとしても助けたい。その思いは変わらなかったが――。

豆腐屋の第一報があったのは七つ半で、今はもう六つ半（午前七時）を過ぎている。吉良邸は山野にかこまれた城ではない。家屋敷が立ち並ぶ街中にある。敷地の広さもたかが知れていた。いくら戦闘が長引いても、そうそう何刻もかかるとは思えない。第一、知らせを聞いた幕府や周囲の家々が黙って見ているとも思えなかった。

これから加勢に駆けつけたところで、十中八九、戦闘は終わっているはずだ。いでたちばかり勇ましく出陣してなんの働きもできなかったとなれば、それこそ笑いものになってしまう。つまり、これは、栄姫にいいくるめられたためではない。

断じてないぞ――。

自らにそう納得させながらも、安易な方へ流れてゆこうとする自分が情けなくもあった。栄姫の忠告や涙が、まぶたに浮かんだ子供たちの無邪気な姿が、出陣の意欲を萎えさせたことは疑いようもない。

わたしは、もとより、軟弱な男だ。気力だけでなく体力においても。ここぞという場面になると熱が出るのは毎度のことだった。上杉家の先代は幼いころから病弱で、しょっちゅう虫気を起こしていたそうだ。いつもの不調だと思い込み、まさか死ぬとはだれも思わなかったために、急死したときは皆、仰天して大騒動になったという。先代の死後に養嗣子となったわたしが、対面したこともない先代に病弱なところだけが似ているとは、なんとも皮肉ではないか。

いずれにしても、これでは出陣など叶うまい。

わたしは目を閉じた。と、そのときだ。荒々しい足音がした。襖の向こうに控える小姓が止めようとしたようだが、それを無視して、足音の主は勢いよく襖を引き開けた。

「父上。よろしゅうございますか」

よろしいもなにも、もう中へ入っている。

「どうした……」といいかけて、わたしは目を瞬いた。喜平次——上杉家嫡男の通称——が、なんと鎧直垂《よろいひたたれ》で太刀をつかみ、仁王立ちになっていたからだ。鎧兜をつければそのまま戦場に躍り出られる。

「な、なんだ、そのいでたちは……」

「戦とうかがいましたゆえ」

「しかし、いまだ、状況がつかめぬ。まずは次なる知らせを待ち……」

「さように悠長なことをしていては間に合いませぬ。一刻も早う駆けつけなければ、お祖《じ》父《い》さまと左兵衛の生命が危のうございます」

「それはそうだが……ここは江戸ぞ。戦仕度で進軍などすれば……」

「赤穂の彼奴らめは、そろいの火事装束にて、隊を成して討ち入ったそうにございます。こちらとて、手ぬるいことをいってはいられませぬ」

若者の目は輝いている。わたしはその目に見惚れ、ふっと羨ましさを覚えた。

先代が急死したとき、上杉家は三十万から十五万に石高を半減された。ということは、家臣郎党の数も減らさなければならない。内証は困窮して家中の雰囲気も暗かった。そんな中で、今は白金の下屋敷にいる祖母生善院の監視の下、わたしは御傅役の家臣たちに養育された。祖母がわたしにことさら厳しかったのは、旗本出身の幼い当主を軽んじる家臣たちがいたため、馬鹿にされぬよう、心をくだいていたからだろう。

喜平次は、わたしとはちがう。庶子ではあったが、物心がつかぬうちから嫡男として大切に扱われてきた。養母の栄姫も、喜平次を腹を痛めた我が子のごとく愛しんだ。このころはもう内証もほぼ安定していたし、なにより将軍家の血筋である栄姫を正室に迎えたことで、上杉家は威信をとりもどしていた。なんの苦もなくのびのびと育った喜平次は、元服の際、将軍より吉憲の名を賜《たまわ》り前途洋々、今や怖いもの知らずの潑剌とした若者に成長している。

「おまえの心意気は見上げたものだ。が、早まってはならぬ。人の上に立つ者は、よくよく熟考した上で事を為さねばならぬ」

「なれば父上は、ぐずぐずしていて吉良家が討ち果たされてもやむをえぬと仰せにございますか。お祖父さまや弟が討たれてもよいと……」

「さようなことはいうておらぬ。情に溺れて突き進んではならぬと戒めておるのだ」

喜平次は眉をよせて、一歩あとずさった。非難をこめてわたしの目を見つめる。

「さればうかがいます。もし、父上がお祖父さまのお立場で、敵に急襲されて生命の危機に脅かされているとしたら、なにを思われましょうや。我が息子がああだこうだと救援をためらっていると知ったら、どんなに悲しまれるか……なにをおいても駆けつけてほしい駆けつけたい、そう思うのが親子というものではありませぬか」

わたしはぐぐ……と絶句した。

「父上。それがしは父上を助けに参ります。たとえ、死地へおもむくことになっても」

その言葉はわたしの胸にぐさりと突き刺さった。

もし、わたしが上野介だったら……。敵にかこまれてあわやというとき、真っ先に息子の顔を思い浮かべるだろう。間に合おうが間に合うまいが、息子はきっと助けに来てくれる——自分のために駆けつけてくれる者がいると思えばこそ、気力もよみがえるにちがいない。

実父と過ごした幼いころの光景を、わたしは思い出していた。さすがに大名家は敷居が高かったのか、祖母が目を光らせていたせいもあるのだろう、共に過ごした数は少ないものの、父はわたしといるとき、いつも心底うれしそうだった。端からは気難しく傲岸不遜に思われていた父だが、わたしの前では子供のようにはしゃぎ、一度として機嫌の悪い顔を見せたことがない。父は、わたしが誇らしくてたまらなかったのだろう。まさに目に入れても痛くないほど愛しみ、己の生命に代えてもわたしを守ろうとしてくれた。その父が上杉家で悪口三昧いわれているのを知って、どんなに幼い胸を痛めたか。それでいてわたしは、父を庇い、反論することができずにいた。

わたしは父に恩義がある。と同時に、いつか詫びたいと思いつづけてきた。なればこそ、だれがなんといおうと、わたしは父を守りたい……。

「喜平次。おまえのいうとおりだ。親へ孝養を尽くすことこそ人の道。人の道こそが大義じゃ。わたしは大義を忘れるところだった」

「父上……」

「小書院へ重臣どもを集めた。おまえも来い」

「はいッ。われら皆、ただちに出立《しゅったつ》できるよう身支度をととのえております。出陣のお許しをいただきたく」

「わかった。小書院で待て」

喜平次は勇んで飛びだしてゆく。

「余も休んではおれぬの」

わたしは小姓に、気付けの薬湯を持ってくるよう命じた。

「殿。ご無理をなさらぬほうがよろしいかと……」

「そうはゆかぬ。おぬしも聞いたろう。若い者たちが大義のために身を捨てようとしておるのだ。われらが尻込みしてなんとする？」

遅れをとるわけにはいかない。わたしはふたたび胸を熱く燃やしていた。重い体に鞭打って小書院へ急ぐ。

最前のわたしのように及び腰になっている者がいたら、しかと目を覚まさせてやるつもりだった。上杉は大義を重んじる家で、そのために命懸けで戦うのだと、家中の皆々に宣言しなければならない。

拳をにぎりしめて小書院へ乗り込もうとしたわたしだったが、その必要はなかった。すでにそこは喜平次を筆頭とした若武者たちであふれていた。重臣たちをも巻き込んで、一同は出陣に向けて気勢をあげている。

五　また右を見る

　このわたしが甲冑を身につけようとは夢にも思わなかった。徳川の御世も百年が過ぎて天下は盤石、戦がないので刀をふりまわすこともなくなり、今ではそこそこの武士が父祖伝来の刀を質草にしてこっそり竹光を腰に差す……などということもめずらしくはない。戦は遠い昔話だ。

「この足袋《たび》はきついぞ。巾木も窮屈じゃ」

「ずいぶんと以前に誂《あつら》えたものにございますゆえ」

「赤穂の浪士どもはそろいの火事装束だそうな」

「用意周到、なんぞ仕込んでおるのやもしれませぬ」

あわただしく鉢巻をしめさせているとき、小姓の一人が困惑顔で襖を開けた。

「白金から使いの者が参っております」

「出陣間際じゃ。おぬしが代わりに聞いておけ」

「そうは参りませぬ。生善院さまの御命にて、早駕籠《はやかご》にて参ったそうで」

となれば知らん顔もできない。

祖母の生善院は、急死した先代綱勝の母で、吉良へ嫁いだわたしの生母富子の母でもあった。ややっこしいが、わたしにとっては母方の祖母というだけでなく、綱勝急死後の一時期、上杉家を牛耳り、わたしを育ててくれた養母でもあった。礼儀作法にことさら厳しく、連歌や茶の湯はもとより自ら四書を教えることもあり、怠けているとこっぴどく叱られたものだ。笑顔を見せることはめったになく、わたしには怖い祖母だったが、今にして思えば、あの祖母がいたからこそ上杉は危難を免れ、今日まで存続したのだと思う。

その祖母も、もう八十八になる。近ごろは目や耳が不自由になっているものの、白金の下屋敷でわたしの母や姉に介添えされて穏やかに暮らしている……はずだった。もちろんこたびの騒動を知れば、じっとしてはいられまい。娘の富子にとっては夫、孫の鶴姫にとっては父である上野介が危難にさらされているのだから。

控えの間に女が平伏していた。

「お取り込み中に申し訳ございませぬ」

名乗りを聞くまでもなかった。祖母のお気に入りの侍女だから顔や姿は何度も見ている。

三十半ばと思われる女の名は、志摩……。

「お祖母《ばあ》さまになにか……」

「いえ。本所からの急報に驚かれ、吉良の御方さまや姫さまとも急ぎ相談の上、わたくしに殿さまへの進言をおとどけするようにと……」

祖母ならさもありなん。老いたりといえども、これまでお家の危機を機転と胆力で乗り越えてきた女丈夫である。

「つつしんでうかがおう」

わたしは胸を張って応えた。夫や父を気遣う富子や鶴姫と話し合ったというなら、進言の中身は聞かなくてもわかる。「生善院さまからも激励のお言葉を賜ったぞ」と伝えれば、皆々の士気もあがるにちがいない。

「されば、お伝えいたします。生善院さまは、こたびの吉良家の災難、かまえて口出しされざること。決して、決して加勢に駆けつけたりなさらぬようにと、きつう仰せにございます」

わたしは目をみはった。驚きのあまり言葉を失っている。

「今一度、いってくれ」

「はい。いっさいかかわらぬように、との厳命にございます」

「待て。なんと、つまり……吉良邸へはゆくな、と？」

「さようにございます。知らぬ顔をしているようにと」

あっけにとられた。まさか、そんな厳命が下ろうとは——。

「し、しかし、なにゆえじゃ。吉良邸におるのは我が父ぞ。お祖母さまは、母や姉にも、夫や父親を見殺しにせよと仰せられたのか」

「やむをえぬ仕儀とお考えにございます」

「母や姉が同意したとは思えぬ」

「はい。はじめは泣きながら話し合うておられました。とりわけ姫さまは生善院さまにすがってまで……。なれど、生善院さまがお心を尽くして語られるのをお聞きあそばし、お胸を鎮められました。吉良の御方さまは常々よりお覚悟をあそばしておられたようにございます。いつかかようなことが起こるのではないかと、白金に移られるときに、御胸の内で吉良の殿さまと今生の別れを済ましていらしたとうかがいました」

富子はもとより、赤穂は憎いが憐れでもあると波立つ胸を鎮め、こうしたことは運を天にまかせるしかないと肚を決めていたそうだ。女たちが加勢するしないで揉めていたのは、当事者である上野介を救命するかどうかではなく、左兵衛がいかにしたら巻き添えにならずにすむか、ということだったらしい。

「左兵衛さまだけは、なんとしてもお助けしたいと……」

左兵衛はわたしの息子でもあった。五歳のときに吉良家の養嗣子となったがために手放してしまったが、だからといって心にかけていないわけではない。父や母に会ったときは左兵衛の様子を訊ねるのが常だった。

「さればこそ救援に……」

「左兵衛さまは、お若いとは申せ、今や吉良家のご当主にございます。お家を背負って立つ者は、運不運にかかわらず、お家と命運を共にせねばなりませぬ。それが武士たるものの心得。吉良の御方さまがこれまで左兵衛さまにお教えしてこられたのも、そのことにございます」

左兵衛はその覚悟を幼いときから叩き込まれている。冷たいようだが、これは吉良家の問題であって、すなわち左兵衛自身の問題でもあった。吉良のことは吉良で解決すべし――最後にはそのことを女たちも確認し合ったという。

「ここは、左兵衛さまに、おまかせいただきたく」

「上杉は手出しをするな、と仰せなのだな」

「はい。生善院さまはこのようにも仰せられました。上杉は、鎌倉よりつづく武家の頭領のお家、戦国の世には謙信という傑物も輩出しました。関ヶ原以後、米沢に転封されはしましたが、長きにわたり、由緒ある家柄を継承して参りました。ここで途絶えさせては当代の名折れ、家名を守ることのみを考え、軽挙をつつしむように……と」

吉良から入ったわたしが上杉をつぶせば、それこそ吉良は末代まで怨まれる。父上野介も母富子も、それをなにより怖れているのだという。侍女の口をとおしてではあっても、祖母や母の切なる思いは、わたしの胸にひしひしと伝わってきた。

「汚名だけはのこさぬよう……上杉を守っておくれと、生善院さまと吉良の御方さまはお手を取り合うて仰せになられました。しからば、なにとぞ、このとおり……」

志摩は両手をつき、畳に額をすりつけんばかりに辞儀をした。そのままじっと動かない。

わたしは困惑していた。小書院で待っている家臣たちの猛りたつ顔を思うととうてい納得しかねるが、とはいえ、わたしにとって祖母にして養母の言葉は天の言葉にも等しかった。生善院が加勢するなと命じるなら、どうして逆らうことができようか。

「あいわかった。お祖母さまには、この綱憲は上杉家を第一に考え、吉良への加勢は控えるゆえご安堵《あんど》あれ、と伝えてくれ」

「たしかに承りました。白金の皆さまがたも愁眉を開かれましょう」

志摩はまだ平伏していた。

わたしはそそくさと席をたった。動揺を悟られたくない。しかし、動揺するなというほうが無理だろう。今しがた小書院では、吉良邸への出陣を確認し合い、〈大義のために身を捨てよ〉と激励までしたところなのだ。皆になんといえばよいのか。とりわけ、若い血を滾《たぎ》らせている喜平次に、どう説明すれば……。

頭がガンガンしていた。こめかみがドクドクと脈打っている。

「お顔の色が悪うございます」

そんなことは百も承知だ。だったらどうせよというのだと小姓を怒鳴りつけたいところだったが、わたしは懸命に胸を鎮めた。

「春日を呼べ。即刻参れ、と」

「かしこまってございます」

御座の間へ戻るや、わたしは力尽き、脇息《きょうそく》に身をあずけた。

六　またもや左を見る

春日がやって来る前に、御門のあたりが騒がしくなった。いよいよ出陣、皆々が集まってわたしの采配を待っているのだと思ったのだが――。

「殿。麻布から清野が参っております」

侍組の清野内膳範祐は二十代後半の強者で、武芸の腕を買われて火の番の副官にとりたてられている。麻布でも出陣の準備がととのっているころで、合流するはずのこちらがぐずぐずしているので様子を探りに来たのだろう。

わたしはとっさに頭をかかえた。火の番総監の芋川ならまだ宥められそうだが、喜平次同様、清野は若いだけに血気盛んで手ごわい相手だ。今になって出陣の中止を命じたら、さぞや不服を述べ立てるにちがいない。

とはいえ、いちはやく方針転換を告げなければ、勇み足になった者たちが勝手に吉良邸へ駆けつけてしまう心配があった。

「大広間の庭へ呼んで来い」

窮屈な染革の足袋をかなぐり捨てた。

大広間へ出てゆくと、庭に数人の武士が整列していた。清野だけでなく喜平次もいる。皆、若い。一様に双眸をぎらつかせている。

「殿。ご下知を」

「麻布も隊がととのいましてございます」

殿、殿……と呼びかけられて、わたしは思わずよろめきそうになった。両手を泳がせ、なんとか一同を鎮める。

「出陣の件だが、しばし留まるよう……加勢はまかりならぬ。ま、まあ、待て。皆、鎮まれ。これは生善院さまの御命じゃ。白金におられる吉良の奥方さまのご意向でもある」

当然ながら了解、解散とはいかなかった。その場は蜂の巣をつついたような騒ぎになった。わたしは病弱のゆえもあり、他家から養子に入った弱みもあって、これまで家臣を頭ごなしに叱りつけたり過酷な罰を与えたりすることにはためらいがあった。が、もしこのとき春日がおっとり刀で駆けつけてくれなければ、我を失って醜態をさらしていたかもしれない。

「春日。この場を鎮めよ」

「かしこまってござりまする」

こういうとき老臣はありがたい。ゴホゴホとしわぶきなどしながら、慌てず騒がず、ひとしきり騒ぎがおさまるのを待ってひとこと、「殿の仰せである」とのたまい、老臣はその場を鎮めてしまった。

ところが、である。そこへ御使番の山下が帰ってきた。御留守居の者たちと共に先発隊として飛び出していったあと、藩医二名を加えた第二陣があとを追いかけた。いずれも吉良邸へ到着するはずの時刻はとうに過ぎているから、吉良邸の様子を実際に目にした者がそろそろ戻ってくるころだと、皆、首を長くして待っていたのだ。

どっとばかり駆けよった家臣たちを払いのけて、山下はわたしの前へ進み出た。くずおれるように地面に膝をつく。精も魂も尽きはてたその有様、土気色の顔を見ただけで、想像以上に忌々しい事態が起こったことが明白になった。

「見たままを伝えよ」

声をかけると、山下はひとつ、ひくりと肩をふるわせた。

だれもが山下の言葉を聞きもらさぬよう、息を詰めている。

「我らが、吉良さまのお屋敷へ参りましたときはもう、赤穂の浪士めらの姿はありませなんだ。周囲には野次馬が遠巻きに眺めており、番所の者たちはようやっと駆けつけたばかりのようにて……」

邸内は戸障子という戸障子が打ち壊され、戦闘の跡も生々しく、そこここに死体が転がっていた。御寝の間のつづきの座敷に血まみれの左兵衛が倒れており、息があったので医師が早速、治療にとりかかった。

「おう、生きておったか」

「とは申せ、肩、額、胸、腕、いずこも深手を負われて……」

幕府の検使が来るまでは、その場にとどまることになるという。

「他の者は?」

「ご家老の小林平八郎さまは首を討たれたそうにて、用人の須藤、鳥居、清水さまがたもそろって討ち死に……御小姓の新貝さまは壮絶なご最期を遂げられたもようにございますが、山吉さまはかろうじてお命を拾われたご様子、今一人の村山さまについてはお姿がいまだ確認できず……」

山下が肝心なことをいわないのは、口にすることさえはばかられるからか。

「さようなことより父上、あ、いや、吉良のご隠居さまは……」

話を遮ってたずねると、山下はがくりと突っ伏してしまった。

「無念に、ござりまする」

「早う申せ」

「首級を奪われました」

だれもが覚悟していたことだった。が、いざ実際に起こったとなれば、その驚愕は計り知れない。いったん静まりかえったその場は、次の瞬間、怒りや悲嘆の咆哮が飛び交い、収拾のつかぬ騒ぎになった。

山下の話はそこで終わりではない。上野介は邸内のどこかに潜んでいたようだ。見つかって引き出され、首を討たれたのだろう、浪士たちの勝鬨《かちどき》が表まで聞こえたそうで、首級は白布に包まれて槍の穂先に結わえられ、これみよがしに晒されながら、一行と共に吉良邸をあとにしたという。

「いずこへ参った？」

「麻布の方角へ進軍したもようにて」

この場合、発端となった浅野内匠頭の墓で快挙を報告するのが常套だろう。内匠頭の墓所といえば――。

「泉岳寺《せんがくじ》か」

「おそらく」

おうーッと凄まじい雄叫びがわきおこった。「我らも泉岳寺へ」といくつもの声が叫ぶ。地鳴りのごとく足が踏みならされ、怒りの拳が空へ突き上げられた。

このとき、わたしはなにを感じていたか。

すべてが粉々に崩れ去るのを感じた。瓦礫の中から、熱い塊が頭をもたげてくるのを感じた。燃え滾る焔がめらめらとわたしの体を舐めつくしてゆく。

わたしは、阿修羅《あしゅら》になった。

「余がいうたことは忘れよ。かような暴挙を見過ごすわけにはゆかぬ。赤穂の者ども、一人たりと取り逃がしてはならぬ」

体調が悪いなどと、いってはいられようか。こうなったら突き進むのみ。

「赤穂討伐じゃ。皆の者、ゆくぞッ」

空に拳を突き上げると、おうーッと怒濤のごとき声がかえってきた。

七　またしても右を見る

父は斬首された、息子は瀕死の重傷を負わされた。幾人もの――上杉から遣わした者たちも含めて――家臣郎党が命を奪われた。黙ってはいられない。

祖母、母、妻……女たちの面影を、わたしはふりはらった。男には生命を懸けねばならぬときがある。

誓詞を呑んでもよいが、このとき、わたしの心に迷いはなかった。が、またしても、わたしの眼前に巨大な岩があらわれ、ゆく手をふさいだ。

「殿に急ぎお会いになりたいと、下総守《しもうさのかみ》さまがおこしにございます」

下総守とは畠山義寧《はたけやまよしやす》のことで、上杉家の縁戚にあたる高家旗本である。四十になるかならずといった働き盛りで、年齢が近いこともあってわたしとはことさら親しく、この桜田邸へもしばしば訪れていた。

「今は取り込み中じゃ。またにするよう伝えよ」

「取り込み中ゆえ参られたそうにて。お会いいただくまでは一歩も退かぬとの仰せ」

「いずこにおる？」

「伺候《しこう》の間にてお待ちにございます」

わたしは舌打ちをした。もちろん騒ぎを聞いて駆けつけたのだろう。あれこれ説明している暇はなかったが、公私ともに親しくしている数少ない友であれば、知らぬ顔もできない。

気もそぞろといった体で伺候の間へ出てゆく。

畠山は熨斗目《のしめ》小袖に長裃《ながかみしも》といった礼装だった。築地の自邸からではなく、いったん登城した、その帰りのようだ。

「聞いておろうが、かような仕儀になってしもうた。心配をかけてあいすまぬ。取り込み中ゆえ挨拶のみで御免こうむる」

畠山はわたしの挨拶など聞き流した。

「待たれよ。そのいでたちは……よもや、仇討ちをいたすつもりではなかろうの」

「せずばなるまい。父と子が討たれたのだ」

「馬鹿をいうな。さようなことではないかと案じたゆえ、飛んで参ったのだ」

「これは上杉の大事、おぬしにはかかわりなきこと」

「いや、見過ごしにはできぬ。城中でも大騒ぎになっておっての、ご老中からも御沙汰があった。勝手なふるまいはつつしむように、と」

「傍観せよと仰せか。赤穂の暴挙を見逃せと？」

「見逃すのではない。始末はお上にまかせよ、というのだ。なんとなれば……」

もしここで上杉が赤穂の浪士衆を討てば、赤穂の縁戚にあたる浅野本家も黙ってはいられなくなる。怨みは怨みを買い、次から次へと戦闘は広がってゆくだろう。将軍家のお膝元である江戸で戦がはじまったらどうなるか……。

畠山がいうことはもっともである。といって、あっさりうなずくわけにはいかない。

「戦闘をしかけたのは赤穂だ」

「おぬしが手出しせずとも赤穂は処罰される」

「しかし、このままでは吉良が……」

「さよう、これは吉良と赤穂の事変だ。が、上杉が出張ればどうなる？　上杉と赤穂の事変ともなるぞ。喧嘩両成敗。上杉もお取り潰しになろう」

「だとしても……」

畠山はぐいとわたしをにらみつけた。

「よいか、よう聞け。ご公儀はこの処断、お上にまかせよと命じておる。それを無視して手出しをすれば、上杉は公儀に手向かうことになる。赤穂や浅野だけでなく、上杉はご公儀の仇敵となるのだぞ」

　つまり、公儀の意に逆らって出陣すれば、幕府に——将軍家に弓を引くことになると、畠山はいうのだ。

　わたしは茫然とした。上杉は由緒ある家柄、守りとおしておくれ——祖母の声が聞こえている。

　畠山はなおも膝行した。

「心情はお察しする。無念はようわかる。が、ここはどうか堪えてくれ。堪えることが、吉良のご隠居へのご供養ともなろう」

　わたしは首を垂れて、畠山の話を聞いていた。

　こたびのことでだれより辛い思いをしているのは、母の富子だろう。長い歳月、共に暮らしていれば、うんざりすることも腹を立てることもあるはずで、わたしの両親が格別に仲睦まじい夫婦といえるかどうかはわからない。それでも、父は生涯、側室をおかず、母を大切に扱っていた。母も、常に父の健康を気遣っていた。真偽のほどは定かでないものの、そもそも母は父にひと目惚れをして、自らの意志で吉良家へ嫁いだと聞いている。その夫婦の別れが夫の非業の死であり、怒りや怨みをぶつけるすべもないまま妻はじっと耐えるのみ……というのは、なんとも酷い話だった。

けれどそれが、上杉の娘に生まれた母の選んだ道である。母の願いは、仇討ちより実家の安泰にあるのだ。

「どうだ？　堪えてくれるか」

畠山の目の奥に、友を気遣う誠実な光があった。

「わかった。ようわかった。堪えよう」

八　そして、鼠は目をまわした

永遠とも思える一日だった。

早暁七つ半刻、豆腐屋の主人の急報からはじまって、泉岳寺に集っていた赤穂の浪士衆が幕府の沙汰によって各々お預けとなる大名屋敷へ引き上げていった夜五つ半（午後七時）までの一日は、わたしにとって——上杉家のだれにとってもそうだったろうが——幾月にも幾年にさえ匹敵する長い長い一日だった。

五つに登城した畠山が大慌てで馬を駈って我が屋敷へ駆けつけたのが四つ半過ぎで、いくらもしない昼の九つ（正午）には、家老の色部が実家からすっ飛んできた。

畠山の説得に負けてまたもや翻意したわたしだったが、さすがに家臣たちになんと伝えればよいのか……猛り狂う者たちを鎮めることができるかどうか自信がなく、頭を悩ませていた最中だったので、色部の顔を見たときは、まさに地獄で仏に会ったような思いだった。

色部は、手妻のように騒ぎを鎮めた。上杉家は何事もなかったかのように、平穏な日常を取り戻した。いや、そう見えただけで、むろん、平穏でなどあるはずがない。好戦派も回避派も、これで正しかったのかと一抹の不安を抱えていた。後年になっても、とりわけ世間の人々が赤穂の浪士たちを褒めたたえ、上杉を臆病呼ばわりするたびに、不甲斐なさに身をちぢめることになるのだが……。

この日のわたしは、といえば、色部の顔を見たとたん、張りつめていた糸が切れた。激しいめまいに襲われ、座していることさえままならなくなった。医師が脈をとり、小姓が薬湯を運んできた。床へ寝かされて血の気の失せた顔で息をあえがせていたわたしは、壁のうしろの闇に身を隠し、もはや穴から首を出そうとはしなかった。

もうこりごりだ。

笑わば笑え。

右へ左へ忙しなく首を動かし、あげくのはてに目をまわしてしまった憐れな鼠なら、優柔不断の非力な藩主だとそしられてもいたしかたない。

ただし、ひとつだけ、いいおいておく。

優柔不断ではあっても、付和雷同ではなかった。決断を下そうとするたびに最善を願い、真剣に、誠実に、気力のかぎりを尽くしたのだ。

それにしても怒濤のごとき一日だった。

事の大小はさておき、だれもが生涯に一度は遭遇するにちがいない其の一日を、わたしは決して忘れないだろう。

初出誌

立つ鳥　「小説現代」二〇〇二年五月号
蛙　「小説現代」二〇〇二年十月号
小の虫　「小説現代」二〇〇二年八月号
釜中の魚　「小説現代」二〇〇二年十一月号
首鼠両端　書き下ろし

参考文献

『小島藩士倉橋寿平』佐野敏郎著
『ふるさと百話』静岡新聞社
『小島藩史資料』小島町文化財を守る会
『井伊直弼』吉田常吉著　吉川弘文館

「小の虫」の取材では小島在住の深澤俻様と渡辺唯義様にお話を伺い、「首鼠両端」では市立米沢図書館の副館長、青木昭博様に史料をいただきました。謹んで御礼申し上げます。

著者

本書は『其の一日』（二〇〇五年十二月、講談社文庫）に、新たに書き下ろした「首鼠両端」を増補したものです。

中公文庫

其《そ》の一日《いちにち》
——増補新版《ぞうほしんぱん》

2023年5月25日　初版発行

著　者　諸《もろ》田《た》玲《れい》子《こ》

発行者　安部順一

発行所　中央公論新社
〒100-8152　東京都千代田区大手町1-7-1
電話　販売 03-5299-1730　編集 03-5299-1890
URL https://www.chuko.co.jp/

DTP　ハンズ・ミケ
印　刷　三晃印刷
製　本　小泉製本

Published by CHUOKORON-SHINSHA, INC.
Printed in Japan　ISBN978-4-12-207371-5 C1193

各書目の下段の数字はISBNコードです。978-4-12が省略してあります。

中公文庫既刊より

も-26-2　美女いくさ　諸田玲子

信長の気性をうけつぎ「女弾正忠」と称された小督は、愛する夫と引き裂かれながらも、将軍家御台所として、戦国の世を逞しく生き抜く。〈解説〉中江有里

205360-1

も-26-3　花見ぬひまの　諸田玲子

幕末の嵐の中で、赤穂浪士討ち入りの陰で、女たちは生命を燃やした。高杉晋作の愛人おうの、二人を匿った野村望東尼……儚くも激しく、時代の流れに咲いた七つの恋。

206190-3

も-26-4　元禄お犬姫　諸田玲子

「生類憐みの令」のもと、犬をめぐる悪事・怪異が相次ぐ江戸の町。野犬猛犬狂犬、なんでもござれの「お犬姫」が、難事件に立ち向かう。〈解説〉安藤優一郎

207071-4

も-26-5　恋ほおずき　完全版　諸田玲子

浅草田原町の女医者。恋の痛みを癒すため、御法度の子堕ろしを手がける彼女は、あろうことかそれを取り締まる同心と恋に落ちてしまう。最終章を書き下ろし。

207158-2

も-26-6　ひと夜の恋　元禄お犬小屋異聞　諸田玲子

「生類憐みの令」のもと犬を収容する「御囲」に、「犬吉」と呼ばれる娘がいた。赤穂浪士が討ち入りを果たしたあくる夜、彼女の身に起きた運命の出来事を描く。

207223-7

あ-32-5　真砂屋《まなごや》お峰　有吉佐和子

ひっそりと家訓を守って育った材木問屋の娘お峰はある日炎の女に変貌する。享楽と頽廃の渦巻く文化文政期の江戸を舞台に、鮮烈な愛の姿を描く長篇。

200366-8

あ-32-11　出雲の阿国《おくに》（上）　有吉佐和子

歌舞伎の創始者として不滅の名を謳われる出雲の阿国《おくに》だが、その一生は謎に包まれている。日本芸能史の一頁を活写し、阿国に躍動する生命を与えた渾身の大河巨篇。

205966-5

あ-32-12
出雲の阿国（下）　有吉佐和子
数奇な運命の綾に身もだえながらも、阿国は踊り続ける。歓喜も悲哀も慟哭もすべてをこめて。桃山の大輪の華を描き、息もつかせぬ感動のうちに完結する長篇ロマン。
205967-2

あ-59-4
一路（上）　浅田次郎
父の死により江戸から国元に帰参した小野寺一路は、参勤道中御供頭のお役目を仰せつかる。家伝の行軍録を唯一の手がかりに、いざ江戸見参の道中へ！
206100-2

あ-59-5
一路（下）　浅田次郎
蒔坂左京大夫一行の前に、中山道の難所、御家乗っ取りの企てなど難題が降りかかる。果たして、行列は期日通りに江戸へ到着できるのか――。〈解説〉檀　ふみ
206101-9

あ-59-6
浅田次郎と歩く中山道　『一路』の舞台をたずねて　浅田次郎
中山道の古き良き街道風景や旅籠の情緒、豊かな食文化などを時代小説『一路』の世界とともに紹介します。いざ、浅田次郎を唸らせた中山道の旅へ！
206138-5

あ-59-7
新装版　**お腹召しませ**　浅田次郎
幕末期、変革の波に翻弄される武士の悲哀を描く傑作時代短編集。書き下ろしエッセイを特別収録。司馬遼太郎賞・中央公論文芸賞受賞作。〈解説〉橋本五郎
206916-9

あ-59-8
新装版　**五郎治殿御始末**　浅田次郎
武士という職業が消えた明治維新期、行き場を失った老武士が下した、己の身の始末とは。表題作ほか全六篇に書き下ろしエッセイを収録。〈解説〉磯田道史
207054-7

あ-59-9
流人道中記（上）　浅田次郎
「痛えからいやだ」と切腹を拒み、蝦夷へ流罪となった旗本・青山玄蕃。ろくでなしであるはずのこの男には、弱き者を決して見捨てぬ心意気があった。
207315-9

あ-59-10
流人道中記（下）　浅田次郎
奥州街道を北へと歩む流人・玄蕃と押送人・乙次郎。旅路の果てで語られる玄蕃の罪の真実。武士の鑑である男はなぜ、恥を晒してまで生きたのか？〈解説〉杏
207316-6

各書目の下段の数字はISBNコードです。978－4－12が省略してあります。

あ-83-1
闇医者おゑん秘録帖
あさのあつこ

「闇医者」おゑんが住む、竹林のしもた屋。江戸の女たちにとって、そこは最後の駆け込み寺だった――。女たちの再生の物語。〈解説〉吉田伸子

206202-3

あ-83-2
闇医者おゑん秘録帖 花冷えて
あさのあつこ

子堕ろしを請け負う「闇医者」おゑんのもとには、今日も事情を抱えた女たちがやってくる。「診察」は、やがて「事件」に発展し……。好評シリーズ第二弾。

206668-7

う-28-8
新装版 御免状始末 闕所物奉行 裏帳合㈠
上田 秀人

遊郭打ち壊し事件を発端に水戸藩の思惑と幕府の陰謀が渦巻く中を、著者史上最もダークな主人公・榊扇太郎が剣を振るい、謎を解く！ 待望の新装版。

206438-6

う-28-9
新装版 蛮社始末 闕所物奉行 裏帳合㈡
上田 秀人

榊扇太郎は闕所となった蘭方医、高野長英の屋敷から、倒幕計画を示す書付を発見する。鳥居耀蔵の陰謀と幕府の思惑の狭間で真相究明に乗り出すが……。

206461-4

う-28-10
新装版 赤猫始末 闕所物奉行 裏帳合㈢
上田 秀人

武家屋敷連続焼失事件を検分した扇太郎は改易された出火元の隠し財産に驚愕。闕所の処分に大目付が介入、大御所死後を見据えた権力争いに巻き込まれる。

206486-7

う-28-11
新装版 旗本始末 闕所物奉行 裏帳合㈣
上田 秀人

失踪した旗本の行方を追う扇太郎は借金の形に娘を売る旗本が増えていることを知る。人身売買禁止を逆手にとり吉原乗っ取りを企む勢力との戦いが始まる。

206491-1

う-28-12
新装版 娘始末 闕所物奉行 裏帳合㈤
上田 秀人

借金の形に売られた旗本の娘が自害。扇太郎の預かりの身となった元遊女の朱鷺にも魔の手がのびる。江戸闇社会の掌握を狙う一太郎との対決も山場に！

206509-3

う-28-13
新装版 奉行始末 闕所物奉行 裏帳合㈥
上田 秀人

岡場所から一斉に火の手があがった。政権返り咲きを図る家斉派と江戸の闇の支配を企む一太郎が勝負に出たのだ。血みどろの最終決戦のゆくえは⁉

206561-1

う-28-14
維新始末　上田秀人
あの大人気シリーズが帰ってきた！　天保の改革から二十年、闕所物奉行を辞した扇太郎が見た幕末の闇。過去最大の激闘、その勝敗の行方は⁉
206608-3

う-28-15
翻弄　盛親と秀忠　上田秀人
偉大な父を持つ長宗我部盛親と徳川秀忠は、立場は違えどいずれも関ヶ原で屈辱を味わう。それから十余年、運命が二人を戦場に連れ戻す。〈解説〉本郷和人
206985-5

う-28-16
新装版 孤闘　立花宗茂　上田秀人
乱世に義を貫き、天下人に「剛勇鎮西一」と恐れられた猛将の、対島津から対徳川までの奮闘と懊悩を精緻に描いた、中山義秀文学賞受賞作。〈解説〉末國善己
207176-6

う-29-3
家康の子　植松三十里
徳川家康の子に生まれ、十一歳で人質として豊臣秀吉の養子となった於義丸。天下人に命を弄ばれた男が見た覇権の真実とは。結城秀康の波瀾万丈の生涯！
205961-0

お-82-1
時平《しへい》の桜、菅公の梅　奥山景布子《きょうこ》
孤高の俊才・菅原道真と若き貴公子・藤原時平。身分も年齢も違う二人は互いに魅かれ合うも、残酷な因縁に辿り着く——国の頂を目指した男たちの熱き闘い！
205922-1

お-82-2
恋衣　とはずがたり　奥山景布子
後深草院の宮廷を舞台に、愛欲と乱倫、嫉妬の渦に翻弄される一人の女性。遺された日記を初めて繙いた娘の視点から、その奔放な人生を辿る。〈解説〉田中貴子
206381-5

お-82-3
秀吉の能楽師　奥山景布子
太閤秀吉を能に没頭させよ、との密命を帯び、天下人に近づいた能楽師・暮松新九郎。能に見せた秀吉の狂気はやがて新九郎を翻弄してゆく。〈解説〉縄田一男
206572-7

お-82-4
江戸落語事始　たらふくつるてん　奥山景布子
口下手の甲斐性なしが江戸落語の始祖⁉　殺人の濡衣や綱吉の圧制に抗いながら、決死で〝笑い〟を究めた咄家・鹿野武左衛門の一代記。〈解説〉松尾貴史
207014-1

各書目の下段の数字はISBNコードです。978－4－12が省略してあります。

お-82-5
圓　朝
奥山景布子
「怪談牡丹灯籠」を生んだ近代落語の祖・三遊亭圓朝。師匠や弟子に裏切られる壮絶な芸道を歩み、人々に愛される怪物となった不屈の一代記。〈解説〉中江有里
207147-6

き-37-1
浮世女房洒落日記
木内　昇
お江戸は神田の小間物屋、女房・お葛は二十七。あっけらかんと可笑しくて、しみじみ愛しい、市井の女房が本音でつづる日々の記録。〈解説〉堀江敏幸
205560-5

き-37-2
よこまち余話
木内　昇
ここは、「この世」の境が溶け出す場所――ある秘密を抱えた路地を舞台に、お針子の齣江と長屋の住人たちが繰り広げる、追憶とはじまりの物語。
206734-9

す-25-18
手習重兵衛　母恋い
鈴木英治
侍を捨てた興津重兵衛は、白金村で手習所を再開した。村名主の娘おそのを妻に迎えるはずだったのが、重兵衛を仇と思いこんだ女と同居する羽目に……。
205209-3

す-25-19
手習重兵衛　夕映え橋
鈴木英治
ついに重兵衛がおそのに求婚。その余韻も冷めぬまま、二人は堀井道場に左馬助を訪ね、そこで目にした一振りの刀に魅了される。風田宗則作の名刀だった。
205239-0

す-25-20
手習重兵衛　隠し子の宿
鈴木英治
おそのと婚約した重兵衛だったが、直後、朋友の作之助と吉原に行ったことが判明。さらに、品川の女郎宿に通っていると噂され……。許嫁の誤解はとけるのか？
205256-7

す-25-21
手習重兵衛　道連れの文《ふみ》
鈴木英治
婚約を母に報告するため、おそのを伴い諏訪へと旅立った重兵衛。道中知り合った一人旅の腰元ふうの女から、甲府勤番支配宛の密書を託される。文庫書き下ろし。
205337-3

す-25-22
手習重兵衛　黒い薬売り
鈴木英治
故郷の諏訪に帰った重兵衛。ところが、実家の興津家では当主・輔之進の妻と侍女が行方知れずに。一方江戸では、重兵衛の留守に、怪しい薬売りが住み着いていた。
205490-5

す-25-23
手習重兵衛 祝い酒 鈴木英治

甲州街道で狙撃された重兵衛。なぜ狙われたのか？ 江戸の手習所に住み着いた薬売りとの関係は？ そして重兵衛の生死は？ シリーズ完結。〈解説〉細谷正充

205544-5

す-25-27
手習重兵衛 闇討ち斬 新装版 鈴木英治

江戸白金で行き倒れとなった重兵衛は、手習師匠・宗太夫に助けられ居候となったが……。凄腕で男前の快男児が謎を斬る時代小説シリーズ第一弾。

206312-9

す-25-28
手習重兵衛 梵鐘 新装版 鈴木英治

手習子のお美代が消えた⁉ 行方を捜す重兵衛だったが……（「梵鐘」より）。趣向を凝らした四篇の連作が織りなす、人気シリーズ第二弾。

206331-0

す-25-29
手習重兵衛 暁闇 新装版 鈴木英治

旅姿の侍が内藤新宿で殺された。同心の河上が探索を進めると、重兵衛の住む白金村へ向かう途中だったらしいと分かったが……。人気シリーズ第三弾。

206359-4

す-25-30
手習重兵衛 刃《やいば》舞《まい》 新装版 鈴木英治

親友と弟の仇である妖剣の遣い手・遠藤恒之助を倒すため、新たな師のもとで〈人斬りの剣〉の稽古に励む重兵衛だったが……。人気シリーズ第四弾。

206394-5

す-25-31
手習重兵衛 道中霧 新装版 鈴木英治

親友殺しの嫌疑が晴れ、久方ぶりに故郷の諏訪へ帰れることとなった重兵衛。母との再会に胸高鳴らせる彼を、妖剣使いの仇敵・遠藤恒之助と忍びたちが追う。

206417-1

す-25-32
手習重兵衛 天狗変 新装版 鈴木英治

重兵衛を悩ませる諏訪忍びの背後には、三十年ごしの因縁が――家中を揺るがす事態に、重兵衛、左馬助、惣三郎らが立ち向かう。人気シリーズ、第一部完結。

206439-3

す-25-33
江戸の雷神 鈴木英治

その勇猛さで「江戸の雷神」と呼ばれる火付盗賊改役の伊香雷蔵は、府内を騒がす辻斬り、押し込み、盗賊らを追うが……。痛快時代小説シリーズ開幕！

206658-8